at Home

本多孝好

角川文庫 17957

目次

at Home

母さん、お肩を叩《たた》きましょ。

正座している母さんの背後で膝立《ひざだ》ちしながら、そのメロディーを鼻で歌ってしまった。まるで肩を叩いているような姿勢だった。それもある。けれど、一番の理由はその次の歌詞が頭をかすめたからだろう。

母さん、白髪がありますね。タントンタントンタントントン。

プライドの高い母さんが、初めて僕に白髪染めを突き出したのは、半年ほど前のことだ。怒ったように、一言、染めて、と命じた母さんは、僕が白髪を染める間中、まるで説教を食らっている子供のようにふて腐れた顔をしていた。今ではそれは二週に一度の定例行事になり、さすがに母さんの顔からも最初の頃のような不機嫌さは感じ取れない。二十六という年齢設定を考え直したのがよかったのかもしれない。派手な顔立ちに綺麗《きれい》な肌をしているとはいえ、十もサバを読んで騙《かた》るとなれば、母さんにも相応のプレッシャーがあったのだろう。今、母さんは表に出れば三十一と称している。

「終わったよ」

声をかけ、僕は薄いビニールの手袋を外した。

「ありがと」

母さんは手鏡を取って、自分の髪を眺めた。指先で前髪を流し、自分自身に作ってみせた微笑みがふと無理をしているように思えて、僕は聞いた。

「少し、疲れてる？」

鏡越しに僕と目を合わせた母さんが振り返って笑った。

「うーんー。か、な、り、疲れてる。淳坊《じゅん》、いやしてー」

「ああ、はい、はい」

しなだれかかってきた母さんの体を押し返して、僕は立ち上がった。

母さんが白髪染めの溶液を落としに浴室へ消えてしばらくすると、父さんが帰ってきた。

あー、ちかれた、ちかれた、とネクタイを弛《ゆる》めながら、父さんは食卓の椅子に体を投げ出した。

「どうよ？」

「ああ、うん。ぼちぼち、な」

父さんはいつも使っている革のバッグを僕に差し出した。僕はバッグを開けた。黒と茶。二つある財布のうち、茶色の方を手にして、中を確認した。

「三万六千円。悪くないじゃない」

「まあな」

黒い財布は父さんの財布。茶色の方が今日の稼ぎを入れておく財布だ。

「何、これ?」

財布を戻し、僕はバッグの底にあった細長い木箱を手にした。

「ん? あ、それな。すげえぞ。応挙《おうきょ》」

僕は木箱を開けた。中にあったのは掛け軸。広げてみると、冬山とおぼしき風景画だった。脇にあるサインは『應擧』と読める。

「あのさあ」と僕はため息をついた。「だから、こういうの、やめろよな」

「だって、お前、応挙だぞ、応挙」

「どこにあったのさ?」

「パチンコ屋のオーナーだとかいう家の和室にかかってた」

いやあ、箱を探すのに苦労しちゃって。

どこか得意げにぼやいた父さんに、僕は思いきり顔をしかめてみせた。

「本物のわけないだろ? 本物なら美術館行きだよ」

「わかんねえだろ、そんなの。万が一ってこともある」

「万が一だったとして、なあ、それでどうするんだよ? こんなものさばけるルートなんて知らないだろ?」

「いや、だってよお、淳坊。本物かもしれないって思ったら、そりゃ置いてはこられないだろ?」

「置いてこいよな。ど素人じゃあるまいし」

「いいじゃねえか。さばかなくったってさ。うちに飾れば」

「うちの、どこに？」

じろりと睨《にら》んだ僕の視線をかわして、父さんは家の中をぐるりと見回した。狭い家だ。食器棚やら戸棚やらカレンダーやら時計やらに埋められて、あいたスペースなどどこにもない。ダイニング兼リビング、脇に小さな台所。全部合わせてきっちり十畳。部屋を出た先にある階段を二階へ上がったところで、同じことだ。その二つの六畳間にだって、お掛け軸様を飾る場所などどこにもない。

「あ、ほら、トイレとか」

「そりゃ、まあ、豪勢な使い方ではあるけどね」と僕はため息をついた。「却下」

「あ、駄目？」

「駄目に決まってるだろ？　もし、踏み込まれるようなことがあったらどうするんだよ。足つきまくりじゃないか。こんな偽物の掛け軸のためにそんな危険なことできるか」

「だって、じゃあ、どうすんだよ」

父さんは少しふて腐れたように言った。

「没収。あとで燃やしとく」

「燃やす？　燃やすって、お前、それ、本物だったらどうすんだよ？」

「本物とか偽物とか、そういうことは関係ない。我が家にとって危険だから、燃やす。以上」

　僕は掛け軸を木箱にしまった。

「もうこういうの、本当にやめろよな。現金だけ。美術品はなし。掛け軸も油絵も彫刻もなし。あ、それから、宝石も時計もなし。わかった？」

　十六の僕に叱られ、四十五の父さんがしゅんとなった。

「はあい」

「この前のロレックス。ちゃんと処分した？　まさか、質屋に持って行ったりしてないだろうな？」

　ええと、あれなあ、どうしたっけなあ、としらばっくれながら、父さんがさり気なく袖《そで》を引っ張り、僕は慌てて父さんの左腕を取った。父さんの太い腕には小さいのだろう。ほとんど食い込むように金色の時計が巻かれていた。

「あのさ、もう、頼むよ。こんなもんつけて外を歩くなよ。職質でもかけられたらどうするんだよ。明らかにサイズが合ってないだろ。不審すぎるだろが。ちゃんと捨てろよ」

「捨てろ、捨てろって、だって、あれは捨ててないだろ」

　父さんの目線が部屋の隅に飛んだ。天井近くに神棚が置かれている。その後ろに、以前、父さんが持ち込んだものが隠してあった。

「捨てるに捨てられないからだろ」と僕は思わず声を上げた。「あんなもん、二度と持ってくるなよ。持ち帰っていいのは現金だけ。わかった？」

「はあい」と父さんが渋々頷《うなず》いたところで、明日香《あすか》が中学校から帰ってきた。

「ただいま」

「お帰り」

「何？」

片手に学校のカバン、もう片手にスーパーのビニール袋を提げた明日香が、通りすぎざまに木箱を顎《あご》でしゃくった。

「燃えるゴミ」と僕は言った。

「燃えるゴミ？」

笑った明日香はそれ以上は追及せず、すぐに支度するね、と学校のカバンだけを置いて台所に立った。

「ああ、明日香ちゃん、お帰り」

浴室から出てきた母さんが、髪を拭《ふ》きながら声をかけた。オレも、オレも、と自分を指差す父さんに、冷たく聞く。

「今日は？」

ふふんと胸を反らすようにして、父さんが僕を見た。

「三万六千円」と僕は言った。

「お帰りなさーい、ダーリン」

甘ったるい声を上げた母さんは父さんをハグすると、ほっぺにキスをした。

「プラス掛け軸」と僕は言った。

「あー、もー。今のなし」と母さんは言って、キスしたところをごしごしとこすった。

「現金だけって、この前も淳坊に怒られたばっかじゃない」

「いや、だって応挙だぜ、応挙」

「おうきょ?」と父さんに聞き返し、母さんは僕を見た。「おうきょって何?」

「燃えるゴミだって」

台所に立った明日香が振り返りながら声を上げ、僕に聞いた。

「隆史《たかし》は?」

「部屋にいる」と僕は二階を指した。

「ちょっとは手伝えって、ねえ、お兄ちゃんからも言ってやってよ」

「今はやめた方がいい」と僕は言った。

「何? 何かあったの?」

「神殿が魔族に侵されそうで、世界が崩壊の危機を迎えている。あいつも大変なんだ」

「ゲームばっかりやってるから友達ができないのよ。ねえ、それもお兄ちゃんから言ってやってよ」

「それについては、さっき十分に語り合った」

「そしたら?」

「友達はいるって」

「いるの？」

「幾度もの死線を共にくぐり抜けてきた友達が五人。今、パーティーを組んでいるそうだ」

「リアルな友達のことよ。学校の友達とか」

「そういうのには、あまり興味がないそうだ」

「興味がないって、そういう問題じゃないでしょ？」

「うん。それは俺もそう思う」と僕は言った。「だけど、それをきちんと説明できなかった。明日香、お前、できる？」

明日香はしばらく視線を斜め上に飛ばして考え、黙って料理に戻った。

「ま、友達くらいいなくたって、死にゃしねえさ」と父さんが言った。「家族五人、仲良く暮らしてるんだから、それでいいじゃねえか」

「そうそう。学校だって、無理して行かなくていいんだからね」

冷蔵庫からビールを取り出した母さんは、明日香の肩を背後から抱いた。

「明日香ちゃんもよ。中学なんて嫌ならいつでも辞めちゃえ。母さんだってろくに通わなかったんだから」

「私は、別に、学校嫌いじゃないよ」

母さんをいなしながら、明日香が僕に目配せを寄越し、僕は頷いた。やっぱり一度、まともな小学生生活のあり方について隆史と話した方がいい。うちの家庭はあまりに特殊すぎる。

小さなテレビに向かって父さんと母さんがＷｉｉをやり始めたのを見て、僕は台所に立つ明日香の隣へ行った。

「あ、そこのお皿、出してくれる？」

上の棚から皿を出し、僕は聞いた。

「隆史はともかく、お前はどうなんだよ」

大きな皿にざっと炒《いた》めた野菜を移した明日香が僕を見た。

「私が、何？」

「学校、楽しんでるのか？」

「楽しんでるよ。どうして？」

フライパンに豚肉を入れながら、明日香が聞いた。

「だって、毎日、家事だろ。授業が終わったら、図書館で少しだけ勉強して、それから買い物へ行って、クリーニングを取ってきて、料理を作って、それが終われば、洗濯もして、掃除もして。あ、勉強の時間、足りてるか？　もう三年なんだし、ちゃんと勉強しなきゃ駄目だろ？　そうじゃなくても、ほら、友達とカラオケとかさ」

「いいよ、別に、そういうのは。そこの塩、取って」

「買い物くらい、メモしておいてくれれば、仕事帰りに俺がするぞ」

「嫌だよ、みっともない」

「そうかあ？」

「男の人が長ネギの突き出したスーパーの袋を提げてるのって、私、ダメなの。我慢できない」

「そうかなあ」

「それに、お買い物もお料理も好きだし」

皿の野菜をまたフライパンに戻しながら、明日香は言った。

「お兄ちゃんこそ、どうなのよ。高校、何ともならないってことはなかったんでしょ？」

無理に仕事してるんじゃない？」

「そんなことないさ」と僕は言った。

「高認取って、大学へ行くっていうのは無理なの？」

「興味ないよ。俺はお前と違って、勉強嫌いだし」

「それじゃ彼女とかは？」

「ん？」

「いるの？」

「そっちは？」

「内緒」

「じゃ、俺も内緒だ」

「これ」

菜箸《さいばし》で突き出された肉を僕は口に入れた。

「うまい」

「本当に?」

「本当に」

「よし」

明日香と僕が笑みを交わしたところで、隆史が二階から降りてきた。冷蔵庫を開け、コーラのペットボトルを取り出した隆史に僕は聞いてみた。

「隆史、お前、彼女とかいるのか?」

グラスにこぽこぽとコーラを注ぎながら、隆史がきょとんと僕を見た。

「ああ、うん、そうだな」と僕は笑った。「まあ、そのうちな」

「いるよ」

コーラのキャップを閉めながら隆史があっさりと言った。

「いる、のか?」

「いるよー。だって、もう六年生だよ」

「ネットの彼女じゃないわよ」と明日香が笑いながら言った。

「そりゃそうだよ。ネットの彼女とじゃ、チューもできないじゃない」

「チュー、するのか?」と僕は聞いた。

「え? だって、彼女でしょ? チューくらいしてあげなきゃ、他の女の子と区別がつかないでしょ？」

「してあげなきゃって、ああ、うん。まあな」

女の子って。

コーラをごくごく飲んで、隆史がぼやいた。

「どうしてあんなに保証を欲しがるんだろうね。私、彼女よね、とかしつこく聞いてきて、そうだよって言っても納得しなくて、それじゃキスしてよとか言ってきて、キスしてあげるとようやく安心するんだよね。ねえ、ああいう精神構造、姉ちゃん、わかる？」

「あ、精神構造」と明日香が言った。「ああ、どうかな。あ、うん。ちょっとわかるかも」

「そっかあ、やっぱ姉ちゃんもかあ」

「ああ、いや、彼女がいるなら、ほら、学校、ちゃんと行かないと、心配するんじゃないか？」

「そう。そうなんだよ」と隆史は大きく頷《うなず》いた。「僕はね、学校なんて週一くらいでいいと思うんだけど、会いたい会いたいってあんまりうるさいからさ。我慢して、週に三日は行くようにしてる。まったく、あの子たちにも困ったもんだ」

「あの子、たち？」

「あ」

「あ?」

「ずるいよー。Wii、僕もやるー」

隆史がコップを片手に台所を離れ、僕は明日香を見た。

「たち、って言ったか? 今」

「うん。言ったみたいだね」

「たち、とチューしてんのか?」

「そう、なんだろうね、きっと」

頭を抱えてうずくまりたくなった。

「俺、あいつに何かを言い聞かせるって、一生無理な気がする。人間として根本的な何かが負けてる気がする」

「うん、わかる」

「あ、わかる?」

「ああ、違うの。違うよ。あの、わかるって、だから、そういう意味じゃなくて、でも、だって、ほら、そうだよ。お兄ちゃんはお兄ちゃんだから。うん。ね? お兄ちゃんはお兄ちゃんだよ」

「明日香」

「うん?」

「ありがとう」

「がんばって」

明日香と僕がお皿をテーブルに並べ、「いただきまーす」という合唱とともに夕食が始まった。だいたいにおいて、うちの夕食はうるさいくらいに賑《にぎ》やかだ。父さんが今日の仕事ぶりを話し、僕がそれを検証する。僕が目くじらを立てかけると、まあ、まあ、と明日香が笑って割って入る。早く僕も連れてってよ、と隆史がぶつぶつ文句を言い、まあ、中学に入ったらな、と父さんが無責任極まりない約束をする。

お代わりー、と父さんが空になった茶碗《ちゃわん》を明日香に突き出したところで、話題が切れる隙をうかがっていた母さんが今の相手について話し出した。

今、母さんが狙っているのは、ＳＮＳで知り合った三十四歳の男だという。一応、親のやっている会社に勤めていることになってはいるが、実際には、ほとんど仕事なんてしていないらしい。

「やっぱ土地よね。信じるべきものは地べた。マンションだけで三つよ。他に駐車場が二つ。実際には、そいつじゃなくて、そいつの親が持ってるんだけど、それにしたって、一家の月収が一千万。月収よ、月収」

「すごーい」と明日香が声を上げ、「うちなら三年は暮らせるね」と隆史が身もふたもないことを言った。

「またイケメンか？」と父さんが茶化し、「ん。まあ、そこそこね」と母さんが頷いた。

だいたいにおいて、母さんが狙うのは、金持ちのまだ若い二枚目だ。不細工でお金もない年寄りが必死に集めたお金をかすめ取るのでは良心がとがめる、ということではない。賭《か》けてもいいが、その手の良心は母さんにはない。実際のところ、これまでの母さんの相手がどれだけ被害届を出したかはわからないが、おそらく半分もないだろう。まだ若く、金持ちで、しかも顔もそこそこ、となれば、それは「授業料」として扱われる可能性が高いのだ。そもそも「騙《だま》された」と認めること自体、男のプライドが許さない。要するにリスクの問題だ。

「で、いくらくらいを狙ってるのさ」と僕は聞いた。

母さんは無理をしない。一人の相手から引き出す金額は、五、六十万から高くても百万程度だ。実働三ヶ月の稼ぎと思えば悪くはないが、下調べもあれば、前準備もある。必要経費を差し引いて計算すれば、母さんの年収は百万そこそこといったところだろう。

「今回は思い切って二百万くらいと思ってたんだけど、どう思う？　もうちょっと上でもいいかしら？」

「いいんじゃない？　月収分くらいでも。ねえ？」と隆史が僕に言ってずるずると味噌《みそ》汁《しる》を飲んだ。

「額はいいだろうけど、理由がね。ちょっと難しい。母親の手術費用で一千万ってわけにもいかないだろう？」

「父親の借金っていうのは？」と母さんが言った。

「それは前に失敗したろ？　金を出してくれりゃいいけど、それは本当に君が払う義務があるのか、なんて言い出されたらたまらない」

　前にそういうことがあった。その男は金を出す代わりに、弁護士をあてがおうとした。

「手術費用は、やっぱり無理なの?」と明日香が言った。

「日本で受ける手術なら、一千万ってのはね、ちょっと考えにくい。海外で移植手術となると、逆に億に近い話になっちゃうだろう?　一千万は中途半端だ」

「いい蔓《つる》なんだけどなあ」と母さんは言った。「やっぱ二百万くらいで妥協しておこうか」

「そうだね。無理はしないほうがいいよ」と明日香が言った。

「でももったいないよな」と僕は考えた。

　一千万でも警察沙汰《ざた》にしないかもしれないくらいの金蔓なんて、そういるもんじゃない。

「母さんが失敗したことにしようか」

　すんでのところで父さんの箸先をかわし、豚肉を頬張りながら僕は言った。

「え?」

「だからさ、母さん自身が事業に失敗した。今、その借金返済に追われている。どう?」

「ああ、それはいいかも」

　二十代半ばでは苦しいが、設定年齢を上げた今なら、おかしな話ではない。

「二十代後半、二十八にしようか。会社を立ち上げて、二年で倒産。そのときの債務を一生懸命返しているけど、まだ一千万の借金がある」

「そんな身で、とてもあなたのお嫁さんになんてなれません」

口元に両手を当てて、イヤイヤをするように首を振りながら母さんが言った。

「そう」と僕は頷いた。

「いいわね、それ」と母さんも言った。「どんな会社?」

「ITってわけにはいかないよな。母さん、わかんないでしょ?」

「自慢じゃないけどね、淳坊」と母さんは言った。「ぜんっぜんわかんない」

「飲食店は?　喫茶店とか」と隆史が言った。

「喫茶店で一千万の借金か?　明細聞かれたら、ちょっときつくねえか?」

父さんがカブの漬け物をボリボリかじりながら言った。

「セレクトショップ」と明日香が言った。

「うん?」と僕は聞いた。

「白金《しろかね》辺りで、自分の好みの服とかジュエリーとかを輸入販売する店をやっていました」

「ああ、いけるかもな」と僕は言った。「仕入れたけど、さっぱり売れませんでした」

「一千万もか?」

「仕入れに四百万。お店を出すときの改装費がまだ残っていて、それが二百万」

「残りの四百万は？」

「利子。ちょっとやばいところから借りちゃいました」

「ああ、私ったら、何て世間知らずの小娘だったんでしょう」

「そういうこと」

「えー。オレ、また闇金の役？」

「俺や隆史ってわけにはいかないだろう？」

「まあ、そうだけどよお」

あれ苦手なんだよなあ、ホントに性格悪くなりそうでよお、と父さんがぶつぶつと文句を言った。

不意に水戸《みと》黄門《こうもん》の音楽が流れた。ホットラインの合図だ。母さんが席を立って、自分のハンドバッグを手にした。「じーんせい、らくありゃ、くーもあーるさー」までを電子音に合わせてみんなで歌い、母さんが電話を取ったところで、僕らは一斉に口をつぐんだ。音を立てないように気をつけながら、食事を続ける。母さんが構えた赤い携帯電話は、そのときのターゲット専用だ。もちろん、相手が変わるたびに、携帯も変わっているけれど、母さんはいつも赤い携帯を選ぶ。

相手はやはり不動産王国の王子様のようだ。歯の浮くようなおだて文句がしばらく続き、それから話題が変わったらしい。

「そうなんですかあ？　それって素敵ですう。ええ、はい。もちろん。うわっ、嬉《うれ》しいなあ」

実年齢より五歳サバを読んでいる母さんが、それよりさらに十は若そうな声で喋《しゃべ》っていた。ぐふっ、と噴き出しかけた息を明日香が堪《こら》えた。目をやると、やめてよ、と唇の動きだけで言って、父さんを睨《にら》みつけている。その父さんは、母さんの言葉に合わせて、身振りと表情を付けていた。

「ええ、でも何を着ていこうかしら」

シャツの裾《すそ》を引っ張り、体をフリフリする。

「ああ、ええ。明日《あした》は大丈夫です。すっごく楽しみ」

満面の笑みで両手を頬に当てる。

「でもお、そんなの私でいいんですか？」

目を伏せて、食卓の上で人差し指をいじいじさせる。

「本当に？　ええ、もちろんです。すっごく嬉しいです」

べろっと舌を出し、両手の先を頭の上に載せる。なーんちゃって。

明日香は堪えたが、堪えるのに失敗した隆史がグホグホと咳《せ》き込んだ。

「え？　いいえ。誰も。あ、犬です。犬。飼ってるって言いませんでしたっけ？」と言いながら母さんがやってきて、父さんの足を蹴飛《けと》ばした。「そうでしたあ？　ええ？　ミツルさんには何でも喋ってると思ってたのになあ。そっかあ。まだ喋ってないことってあるんですね。他にはどんなことがあるかしら」

般若《はんにゃ》の形相で父さんを睨みつけて足を蹴り続けながら、ふふと声だけはかわいらしく母さんは笑った。

「ミツルさんだってあるでしょう？　私に喋ってないこと。ウソー。きっとありますよ」

ばしばしとなおも父さんの足を蹴り続け、トドメに一発、がら空きの後頭部に回し蹴りをかましてから、「それじゃ、明日。楽しみにしてますねえ」と母さんは電話を切った。

「何だって？」

蹴られた後頭部と食卓に打ち付けた額を両方さすりながら父さんが聞いた。

「ちょっとピンチ。再来週さ、両親の結婚記念日らしいのよ。パーティーするから、私にきて欲しいって。いやいや、ミツルさんったら、ノリが良すぎるわ。相当、私と結婚したいみたいね。明日、服を買ってくれるって」

「うーん」と僕らは考え込んだ。

別に母さんがその男の両親と会ったところで、特段の問題はない。けれど、後々のことを考えれば、母さんが顔をさらす相手は少ないに越したことはない。いつか誰かとばったり町で行き合う可能性だってなくはないのだ。

「ま、いいの。二週間でけりつけるから」と食卓に戻って、母さんが言った。

「できるの？」と明日香が聞いた。

「どうせ、そろそろ一発やらせてあげなきゃってとこだったし。まあ、いいタイミングだわ」

「そういうこと、中学生の娘の前で言う?」と明日香が声を上げ、「あら、中学三年なら、色々ご存じでしょうに」と母さんが笑った。

寝るのは一度だけ。それが母さんのやり方だ。理由は「男は愛情には金を出さない。男が金を出すのはね、欲情と同情よ」だからだそうだ。以前、「それなら一度も寝ない方が効果的じゃない?」と聞いたことがある。母さんはにやりと笑って答えた。

「淳坊は私のテクを知らないからね」

一度寝れば、欲情も同情も深くなる。そこで一気に金を引き出し、姿を消す。そのやり方で今日までやれている以上、もう一度、と男に思わせるくらいには、母さんの「テク」はすごいのだろう。あんまり想像したくないけれど。

その夜、僕は二段ベッドの上にいる隆史が寝入るのを待って、床の布団で寝ている父さんを揺り起こした。何だ、と眠たげな目を開けた父さんは、僕が階下を指差すと、黙って頷《うなず》き、起き上がった。僕らは音を立てないように部屋を出て、階下へ降りた。僕は食卓につき、父さんは冷蔵庫を開けた。

「明日香のことなんだけど」

「何だよ」

お前も飲むか、とビールを掲げた父さんに、いらないと僕は首を振った。

「高校のこと」

「高校って、まだずいぶん先だろ？」

プシュッとプルトップを開けた父さんが僕の前に座った。

「もう六月だから、あと十ヶ月だよ」と僕は言った。

「ずいぶん先じゃねえか」

「ワタクシリツに行かせたいんだ。金がいる」

「公立じゃ駄目なのか？」

「内申書がいる。ワタクシリツだって要求はするけど、公立に比べれば、はるかに比重は小さい。それなら何とか誤魔化せる」

「内申書か」

僕の言いたいことがわかったのだろう。グビグビとビールを飲んだ父さんはげっぷを一つ吐き出してから聞いた。

「いくらくらい？」

「最低でも百二、三十万」と僕は言った。「できれば二百万。それなら選択肢が増える」

そうか、と頷いて、父さんはまたビールを口にした。

ふと前の家で、こんな風に父親と息子の会話を試みたことがあったのを思い出した。

そのときは会話にならなかった。ビールを飲み下すたびに動く父さんの喉仏《のどぼとけ》を見ながら、僕は考えた。あのとき、僕は何をわかり合おうとしたのだろう。あるいは、わかり合えないことを確認したかっただけだったのだろうか。

「明日香、今、三年だろ。二年生以降は問題ないけど、それ以前を本気で追われたらまずい。いくら廃校になっていても、どこかに記録は残っているだろうし、公立受験となると、そこまで追われると思う」

僕が卒業して、明日香が一年まで通った中学は、その年にきっちり廃校になっている。隆史が四年生まで通った小学校もなくなっている。市町村合併の煽《あお》りらしい。そういう地区を探し出し、それに合わせるために、僕らは群馬から越してきたことになっている。明日香と隆史が今の学校に通い始めたのは、年度のちょうど頭からだ。

「わかった。二百万な」

そう言ってから、父さんは僕を見た。

「ああ。だからか」

「だからって？」

「母さんの今回の金蔓《かねづる》。結構、こだわったからさ。いつもなら、危ない橋渡らないだろ、お前」

「今回だって、危なそうなら、渡らせないさ」

「わかってる」

「一千万が入ればね、そりゃ一発で解決するけど、母さんの場合は、どうしてもギャンブルだから。あまり当てにはしないほうがいいんだ。入ればラッキーぐらいに思っておかないと」

「やっぱ、この家の大黒柱はオレかあ」と父さんは言った。

「もちろんだよ」と僕は頷いた。

「けっ」と父さんは鼻で笑った。「こういうときだけ調子いいのな、お前ってば」

「いっつもそう思ってるさ」

「そういうことにしておくか」

先に寝ろ。オレはこれ飲んでから寝るから。

そう言った父さんに、僕は腰を上げた。階段に向かいかけて、父さんを振り返った。

「父さん」

何だ、と言うように父さんが僕を見た。

「ありがと」

「馬鹿言ってら」

父さんはくしゃくしゃっと笑って、顔の前で手を振った。

神棚に向かって、二礼二拍手一礼。それを終えると、僕と父さんと明日香は家を出た。母さんはまだ寝ていたし、隆史は今日も一日世界のために戦うことにしたらしい。

十五分ほど歩いた先の中学に向かう明日香とは途中で別れ、今日は一日、私鉄沿線を探ってみるという父さんとは駅で別れた。職場へ向かうためにいつもの電車を待っていると、ホームで肩を叩《たた》かれた。振り返った先には、成田《なりた》さんがいた。だいたい毎朝、同じ電車を使っている役所の職員さんだ。

　おはようございますと挨拶《あいさつ》した僕に、おはようと返すと、成田さんは少し僕のほうに身を寄せた。

「また、ああ」と周囲を素早く見渡し、成田さんは小声で囁《ささや》いた。「ある？」

「あ、何か新しいやつ？　今はないですけど、用意しておきますよ」

「ああ、うん。頼むよ。急がないから」

　成田さんがにやっと笑い、僕もにやっと笑った。

　それは急ぎはしないだろう。急ぎで必要になる無修整画像なんて、そうはない。

「またUSBでいいですか？」

　それを成田さんに渡すときには、いつもUSBメモリを使っている。成田さんは頷いた。

「奥さんには、バレないようにしてくださいよ」

「わかってるよ。君に言われた通り、家では見ないようにしてるから、大丈夫」

　それは決して家では見ないでくれ。家庭不和の原因になんてなったらこっちもあまり気分がよくない。

　最初にそれを渡したとき、僕は成田さんにしつこいほど言い含めた。そして、通常の勤め人が、ＵＳＢメモリに保存された画像を家で見られないのなら、勤め先で見るしかない。

ああ、でも、と成田さんは言った。

「最近、席が替わっちゃって。今まで後ろがいなかったんだよ。隣がいないことだけ注意してればよかったんだけど、今の席、後ろがいるんだよね。ふっと振り向かれたら、それでアウトだから。結構、難しいんだ」

成田さんは笑った。

「ネットカフェとかでいいじゃないですか。仕事帰りに」

それをどうしても勤め先で見て欲しかったのは、最初と二番目だけだ。あとはどうでもいい。

「ああ、それはいい手だな。気づかなかった」

並んで電車に乗り、二駅分、バイクの話をした。成田さんの趣味だ。僕はネットで調べ上げた最近のバイク事情を披露して、成田さんに話を合わせた。バイクが好きな男の子。成田さんはそう信じている。話すきっかけをつかむために、そういうことにした。僕が免許すら持っていないことを成田さんは知らない。

「それじゃ、また明日《あした》」

意味ありげな笑みを残して成田さんが電車を降りた。成田さんの好みが、ブロンドの、ほとんど人造人間みたいな胸をした白人女性だと探り出したのは、知り合ってからすぐのことだった。綺麗《きれい》な人ですね、あれ、とその場を通りかかったＯＬ風の女性を適当に指差せば、成田さんは自分の好みをぺらぺらと喋《しゃべ》った。悪い人ではないのだろう。脇が甘いだけだ。色んな意味で。

電車が走り出してから、僕は作っていた満面の笑みを消して、ため息をついた。また五十代の公務員のためにネットをあさって、無修整画像を探さなくてはならない。締め切りはどうやら明日ということらしい。二度目の受け渡しから、もう時間も経った。そろそろ電車をずらそう。

一度電車を乗り換え、小さな町工場が連なる道を少し歩くと、僕の職場がある。ゲンジさんは今日も日当たりの悪い作業場で一人、作業台に向かっていた。

「おはようございます」

「ん」

顔を上げることもなく、ゲンジさんは一つ頷《うなず》いた。年は六十をいくつか越えた辺りだろうが、きちんと聞いてみたことはない。「中」で知り合ったという父さんの古い友人だ。父さんが「中」にいたのは、もう二十年近く前、僕が生まれる前の話だ。ここで働かせてもらうようになって、そろそろ一年が経とうとしていた。

僕は与えられた作業台に向かった。ゲンジさんとは背中合わせの格好になる。作業台には、日本のパスポートが一冊と写真が一枚置かれていた。

「どこまでですか？」

手元灯をつけながら僕が聞くと、ゲンジさんが「顔」と答えた。

「こっちは本物ですか？」

パスポートをめくって、僕は聞いた。ゲンジさんが、ん、と頷いた。年間、約四万冊が『所在不明』になるというパスポートのうちの一冊だろう。そのものを偽造するのは、手間がかかるし、設備も必要になる。けれど、もともと本物のパスポートの写真を貼り替え、データを書き換えるだけなら、うちの設備でもできる。もともとは本物なのだから、厳密に言うのならそれは、偽造ではなく変造だ。置かれた写真を見てみれば、本来の持ち主の四十二歳という年齢からさほど離れてはいないようだ。その写真の男がパスポートを何のために使うのかは僕の知ったことではない。

僕はパソコンを起動して、作業に取りかかった。まずは写真の貼られたページを丁寧にぬぐい、特殊な溶液でラミネート加工された写真のページを剝《は》がし、写真部分を消していく。与えられた写真をスキャナーで読み取り、本来の写真の大きさにきっちりと合わせて写し取る。次にICチップからデータを読み取り、エレメントファクトリーのファイルのうち、顔写真だけを変更する。残りのデータはそのままにして、ブランクのメディアに読み込ませる。あとはもともとのICチップと取り替えれば完成だ。

四時間ほどで変造を仕上げ、ゲンジさんにそれを見せた。

「下手くそ」

すでに自分の仕事を終え、ぷかりとタバコを吹かしていたゲンジさんが写真のページを見て笑った。

「合格だ」

「いいんですか？」

「これはバレない」

やけに確信めいて頷くと、飯、行こ、とゲンジさんは店を出た。近所のそば屋で天ぷらうどんを食べながら、ゲンジさんは言った。

「できがいい、悪いってのは、実のところあまり関係ない。こんな時代だ。精巧な偽物ならいくらだって作れる。現場で、モノだけで偽物だってわかるのは、本当に一部の素人のお手製だよ。実際に現場で、検査官が見るのは人だ。使う人間が自然に振る舞ってりゃ、そうそう偽物なんてばれないもんさ」

お昼時のそば屋にはずいぶん客がいたが、人前でもゲンジさんはお構いなく仕事の話をする。最初は冷や冷やしたが、最近ではそれにも慣れた。この手の話はこそこそしている方がよっぽど人の注意を引くのだ。

「その次に大事なのが、モノだ。そのモノがどれだけ自然か。それは精巧って意味じゃない。自然かどうかなんだ」

わかるか、と聞くようにゲンジさんが僕を見て、僕はカツ丼を咀嚼《そしやく》しながら聞き返した。

「精巧って意味じゃなく、自然かどうか、ですか？」

「そう。どれだけ自然か。要するに、そのモノがどれだけ自分の存在に自信を持っているか、だ。刻印がずれていようが、透かしが抜けていようが、そんなもんはたいした問題じゃないんだよ。自信のなさそうなモノは、どんなに精巧にできていても、一目でわかる。おどおどしてるんだよ、モノ、そのものがさ」

　わかるような、わからないような話だった。僕は素直にそう言った。ゲンジさんは笑った。

「お前はわかんなくていい。もうできてるんだから、わかんなくていいよ。できないやつにはわからせなきゃならないけどな。お前が作るモノは堂々としてるよ。下手くそなくせによ、それで何か文句があっかってな顔で、こっちを睨《にら》み返してきやがる。お前、才能あるよ」

　そうですかね、と照れた僕に笑い返しながら、ゲンジさんはふと真面目な顔になった。

「これが二十年前ならな、それで喜んでやれたけど、今はな。先のない才能だ」

　ゲンジさんの言う意味は僕にもわかった。たとえば、パスポートにしたところでそうだ。昔は顔写真さえ替えればよかった。が、最近のパスポートはＩＣチップが埋め込まれ、チップ上に顔写真のデータが書き込まれている。それでも、今はそれを書き換えれば、ほとんどの国で通用するパスポートになる。ほとんど、というのは、ＩＣ旅券の国際データベースを活用している国がまだ少ないからだ。いずれは多くの国が参加するようになるだろう。そうなれば、どれだけ精巧にパスポートを偽造しても、データベースそのものをいじらない限り、一発で偽物とばれてしまう。パスポートだけじゃない。すべてにおいてそうだ。本物が存在する以上、常に偽造も変造も可能だ。けれど、そこには莫大《ばくだい》な費用と特殊な設備と広い分野での知識が必要になる。偽造、変造はもはや個人の手に負えるジャンルではなくなってくる。

「将来のこと、考えてるのか？」

「これで食えなくなったら、普通に働きますよ」と僕は笑った。「中卒ですから、厳しいでしょうけど。あ、竹村《たけむら》印刷所で働いてたっていうのは、履歴書に書いていいですか？」

「いいよ、好きに書けよ」とゲンジさんは笑った。

「ゲンジさんこそどうするんです？」

「俺？　俺はいいよ。引退して、趣味に生きるから」

紙幣偽造。それがゲンジさんの趣味だ。偽造防止策の最先端技術をつぎ込むべきものが紙幣。そこには国家の威信すらかかっている。けれど皮肉なことに、それが一般市民の間を流通するものである以上、パスポートに用いられるような偽造防止策を盛り込むわけにはいかない。支払われる紙幣をいちいちリーダーに通していくわけにはいかないのだ。特殊な紙やインクを用いはするが、印刷と透かしの技術。基本的にはそこで勝負するしかない。そういう意味では、偽造防止策が進化していく中で、唯一、個人の手に負いうるものが紙幣でもある。いつか本物と変わらない紙幣を造ってみせる。それがゲンジさんの生き甲斐《がい》だった。

　夕方の五時まで『竹村印刷所』として請け負った普通の仕事をして、僕は家に帰った。隆史は、僕が朝出かけたときとまったく同じ姿でパソコンに向かっていた。

「ゲーム、終わったら教えてくれ。ちょっとパソコン使わなきゃ」

　二段ベッドの下に腰を下ろし、僕は隆史の背中に声をかけた。

「またエッチサイト？」と隆史が僕を振り返って笑った。

「違うよ」と僕は言った。「どエロサイトだ」

「もう必要ないんでしょ？」

「明日、渡して、それで最後にするよ。電車をずらす」

「ああ」と隆史は頷き、ちょっと首をひねった。「でも、本当にあれだけで大丈夫なのかな？　ある日、突然、ばれたりしない？」

「わかんないよ」と僕は言った。「ま、ばれたら、みんなで夜逃げでもするさ」

「夜逃げか。楽しそうだね、それ」

　本気でそれを心待ちにするように、隆史はうきうきと言った。

「隆史」

　パソコンに向き直った隆史に僕は声をかけた。

「うん？」

　お前は帰りたくなったりしないのか？　前の家に。

そう聞きかけて、やめた。答えはわかり切っている。

「ああっと、神殿は守れたのか？」

「そんなイベント、とっくに終わってるよ。今は城攻め」

「勝てそう？」

「うーん、ちょっと負けそう。うちのパーティー、僕以外、あんまり強くないんだよね」

「強い人と組めばいいのに」

僕が言うと、隆史はちょっと怒った顔で僕を振り返った。

「だって仲間だもん」

「そうか」と僕は頷《うなず》いた。「そうだよな」

「死なきゃ、何とかなるよ。負けそうになったら、誰かが死ぬ前に、逃げるつもり」

「それがいい」

やがて明日香が帰ってきた。その三十分後には父さんも帰ってきた。夕飯が始まっても、母さんは戻らなかった。

そろそろ一発やらせてあげなきゃ。

母さん自身が言っていたのだ。今日の帰りは遅いだろう。

母さんのいない夕飯は、いつもより少しだけ静かになる。

「三十六の女が、今更、貞操語ってどうすんのよ」

母さんはそう言って笑うが、母さんが好きでそんなことをしているのではないことくらい、僕らにもわかっている。それは母さんの「仕事」なのだ。

いつもより静かな夕飯が終わった。普段なら、それぞれが勝手に風呂《ふろ》に入り、適当に眠りにつくのだが、今日は違った。

お帰りなさい。

家族のために働いてきた母さんにそれを告げず、眠るわけにはいかなかった。僕らはコーヒーを飲みながら、だらだらとテレビを眺めた。

「ちょっと遅いな」

父さんが呟《つぶや》いたのは、ニュースが終わり、今日が昨日になったときだった。たとえ、そうなっても、母さんが外泊することはない。だいたいは、終電が終わる前に、家に戻ってくる。

「電話してみる?」と明日香が言い、「それはまずいだろ」と僕が止めた。

「まあ、もうちょっと待ってみよう」

その会話が、一時間おきに繰り返された。三時を過ぎ、緊張感のない深夜映画がＣＭに入ったところで、父さんが言った。

「隆史、明日香。そろそろ寝ろ」

二人が不服そうに父さんを見た。

「ホテルで寝ちまったんだろ。朝になれば戻るさ」

今度は二人が僕を見た。

「学校だろ。寝ろ」と僕は言った。

不服そうな顔をしながらも、眠気に勝てなかったのだろう。二人は二階へ上がっていった。

「今までこんな遅かったこと、あったか？」

二人がそれぞれの部屋に入る音を確認して、父さんが言った。

「いや」と僕は首を振った。

映画が終わり、朝刊を配達するバイクの音が聞こえてきた。それでも母さんは戻らなかった。

「電話、してみるか？」

さすがに心配そうな顔になった父さんが携帯を取り出した。

「男がいたら、まずいんじゃない？」と僕は言った。「こんな時間の電話は誰からだってことになる」

「それもそうか」

結局手にしただけで父さんが携帯を食卓に置いたとき、その携帯がぶるぶると震えた。

ぱかっと携帯を開けて画面を確認した父さんが、僕に笑った。

「母さんだ」

「何なんだよ」と笑って、僕は腰を上げた。

通話ボタンを押し、あいよーと気軽に応じた父さんの表情が、一瞬で変わった。僕は階段へ向かいかけていた足を止めた。

「ええと、どちら様でしょうかねえ？」

間延びした声を上げながら、父さんが僕に鋭い目配せを送って寄越した。僕は食卓を回り、父さんの耳に自分の耳を近づけた。電話から聞こえてきたのは、知らない男の声だった。

「聞かれたことに答えりゃいいんだよ。お前が『父さん』だな」

赤い携帯に父さんの番号は登録されていない。相手の男の番号と、あとはダミーの名前と番号とがいくつか登録されているだけだ。が、母さんが普段使う携帯には僕と父さんの携帯番号が、『マイファミリー』というフォルダの中に『淳』と『父さん』という名前で登録されている。その携帯は、母さんが使うバッグの底の明日香お手製の隠しポケットの中にあるはずだった。それが今、知らない男の手の中にある。

「その声からすると、父親じゃねえよな。あの女の、旦那《だんな》か？」

「そうだ」

「どんな神経だよ」と相手は笑った。「旦那が父さんてことは、子持ちだろ？　ああ、『淳』ってのが、子供か？　なあ、結婚している上に、子持ちの結婚詐欺師って、お前ら、どんだけ相手を舐《な》めてんだよ」

父さんと僕は短く目配せを交わした。ばれた。相手は、例の不動産王子だろう。けれど、母さんがターゲットとして選ぶ相手にしては、言葉がひどすぎた。母さんはいつも育ちのいい、見るからにボンボンといった相手を選ぶ。

「あいつは、無事なのか？」

父さんが口調を変えた。

「無事だよ。今んとこはな」

「どうすればいい？」

「話が早《はえ》えな」と相手は笑った。「一千万でいいよ」

「一千万？」

「驚くことはねえだろ。そっちが取ろうとした額じゃねえか。こっちだって、経費、かかったんだよ。レストランとか、プレゼントとか。あの女から聞いてねえか？」

経費、と聞いてぴんときた。父さんも察したようだ。僕らはまた短く目配せを交わした。相手も同じ穴の狢《むじな》だ。相手は母さんを騙《だま》すつもりで近づいた。その相手が自分を騙そうとしていた別の狢だと気がついた。

「すぐには無理だ」

「すぐの方がいいと思うぜ、俺としてはよ」

「どういうことだ？」

「今は麻酔薬で眠ってる。目が覚めそうになると、適当に注射してるけど、どうかなあ。麻酔薬だからなあ。体が受け付ける容量には、限界あるだろうなあ。俺はそんな分量、知らねえしなあ」

「何とかする」

「おう。何とかしろ」

「一千万、どうすればいいんだ？」

「今から言う口座に振り込め。入金が確認できたら、女房は返してやる」

「駄目だ」

「駄目？　おい、おい。駄目ってことはないだろ。女房、死ぬぞ」

「身柄と交換だ。それ以外は駄目だ。それで駄目だというのなら」

父さんはぐっと奥歯を一度嚙《か》んでから言った。

「女房は諦《あきら》める」

はあん、と男は言った。

「おたくも、案外、素人じゃねえな」

「どうせ警察に届けたりはできない。わかってるだろう？　女房と二人でやってる個人商店だ。助《すけ》っ人《と》がいるわけでもない。そっちには人質がいるんだ。下手なことはしない。どこへでも行く。だから、身柄と交換で」

「わかった、わかったよ」

男はしばらく考えるように間を置き、言った。

「朝一で金を作れ。また電話する」

電話が切れた。

「一千万か」と僕は言った。「どうする?」

「どうもこうもねえ。どうやったって、そんな金、用意できるわけがねえ」

携帯をパタンと閉じて、父さんが頭を抱えた。

それならば、どうするのか。僕の目線が神棚に飛んだ。

「駄目だ」と父さんが言った。

「でも」

「オレはちんけな空き巣で、あいつはちんけな詐欺師で、お前はちんけな偽造屋だ。でも、殺し屋じゃない。その一線は越えちゃいけない」

神棚の陰。そこにはかつて父さんが空き巣に入った家から持ってきた拳銃《けんじゅう》が入っている。そんな怒るなよ、どうせモデルガンだろ、と笑って父さんが引き金を引いた途端、爆発音が響き、床に小さな穴が開いた。捨てるに捨てられず、今は神棚の陰に隠してある。

「殺しはしないさ。ただ脅すだけでも」

「それで済まなくなったらどうする?」と父さんが言った。「そうなりゃ、使いたくなるんだよ、人間ってのはよ」

いや、と父さんは言い直した。

「弱い人間ってのはよ」

「だって、それじゃ、どうするんだよ」

「どうするって、そりゃ、お前」

僕らが言葉もなく互いを見やったときだ。

「殴っちゃお」

「殴っちゃおって、そんな簡単な話じゃ……」

背後からの声に僕は呆《あき》れて言いかけた。

「って、いや、あれ？　隆史？　あ、聞いてたのか？　え？　いつからそこにいた？」

「さっきから聞いてたよ。だいたいわかった。母さんが捕まったんだね。相手は？　あの月収一千万？」

「たぶん」

「ふうん。何なの、そいつ」

「たぶん、母さんと同じだ」

「結婚詐欺師？」

うふふと隆史は笑った。

「母さんも、ええと、何て言うんだっけ？　焼きが回った？」

「まあ、そうなのかな」

「そりゃ、話がうまく進むよね。こっちも相手も騙すつもりなんだから。両親の結婚記念日ってのは、あれは何だったんだろ？」

「そうやって安心させたつもりだったんじゃないか。両親にまで紹介する気があるって」

「でも、実は僕には借金があって、このままでは君と結婚できない。こんな状態で両親に紹介できない。君と結婚したら、すぐに返すから」

「ああ、うん。そんな筋書きだったんだろうな」

頷《うなず》きながら、僕は考えた。

そんな仕掛けなら、おそらく相手も大金を狙っていたわけではないのだろう。だいたい、大金を狙うつもりなら、母さんをターゲットにしたりしない。身元の確かな金持ちを選ぶ。狙ったのは、数十万、せいぜい数百万か。だとするなら、大がかりな組織は背後にはいない。それこそ個人商店と考えていい。

ふと気が楽になった。人質を取られているという弱みはあるが、相手はおそらく一人。他の詐欺と違う。結婚詐欺の場合、誰かと組むメリットはほとんどない。取り分が減り、リスクは増える。相手がプロの結婚詐欺師なら、一人だと考えて間違いないだろう。それなら戦いようがある。だから……ああ、だから……。

「殴っちゃお、か」と僕は言った。

「そ、殴っちゃお」と隆史は言った。「そんで夜逃げ。やってみたかったんだよねえ、夜逃げ。ねえ、今度は大阪とか、どう？　あ、北海道もいいかも」

隆史はうきうきと言った。要するに隆史が言いたいのは、これはそういうレベルの話だ、ということなのだろう。実際に殴るかどうかは問題ではない。たとえこちらがどう出たところで、相手だって警察に届けるわけにはいかない。報復は考えられるが、住所を探り当てられたところで、そんなもの、一家そろって夜逃げしてしまえばいい話だ。警察ならともかく、個人の詐欺師に僕らのあとを追えるわけがない。

そこまで考えて、僕は隆史を見た。

電話での父さんの受け答えを立ち聞きしただけで、隆史はそこまでを考えたのか。

「前も明日香に言ったんだけど」と僕は言った。「俺、人間として根本的な何かがお前に負けてる気がする」

「何、言ってんの」と隆史は笑った。

少し力を抜いて僕は考えた。一千万。作ろうとするから無理なのだ。造ればいい。幸いにして僕はちんけな偽造屋だ。

「今から店に行って、ゲンジさんを叩《たた》き起こす。四時間もあれば造れる」

五時を回った時計を見ながら、僕は言った。隆史が頷いた。

「僕は無線機を仕入れてくるよ。アキバで店をやっている人を知ってる。取引現場に行くのは父さんでしょ？　父さんに発信器をつけてもらって、僕と兄ちゃんは近くでその様子を聞く。危なそうになったら助けに行くし、本気でまずそうだったら警察に電話する」

いいよね、というように隆史が僕と父さんを見て、僕らは頷いた。まずは母さんの安全が第一だ。

「明日香には知らせずにおこう。普通に学校に送り出して」と僕は言った。

「わかった」と父さんが頷き、両手を伸ばして僕と隆史の頭を撫《な》でた。「立派な息子を二人もって、父さんは幸せだよ」

相手からは朝の八時に連絡があった。二時間後、十時に金を持って新宿にくるよう指示してきたという。

「隆史は？」

刷り上がった札を裁断するゲンジさんを横目で見ながら、僕は携帯に聞いた。

「もう戻ってる。明日香には知らせてない。普通に学校へやった」

「じゃ、隆史と新宿に向かって。そこで落ち合おう。それまでには何とかする」

「わかった。ただ、取引にはお前も連れてくるように言われた」

「俺も？」

「ああ。子供も一緒に連れてこいって。変な動きをされると困ると思ったんじゃないか」

母さんの携帯に登録されているのは僕と父さんだけだ。明日香も隆史も携帯を持っていない。相手は子供が僕一人だと思ったのだろう。母さんの年齢を考えれば、その子供もまだ幼いと考えたとしても不思議はない。少なくとも取引の邪魔にはならないと踏んだ。いっそ小さな子供がいれば、父さんの足かせになるとすら考えたのかもしれない。

僕は携帯を切った。裁断された紙幣を紙帯で束ね、銀行の印を捺《お》していく。できあった十の札束を紙袋に詰めた。一千万。言葉で聞くと大金だが、かさはたいしたことはない。紙袋を小脇に抱え、礼を言った僕が店を出ようとすると、ゲンジさんの声が呼び止めた。振り返ると、一仕事を終えて、ゲンジさんはタバコに火をつけたところだった。

「お前、あいつ、好きか？」

ゲンジさんがあいつという以上、それは父さんのことだろう。

「好きも嫌いも、父親ですから」

質問の意味がわからず、僕はそう応じた。ハハという笑い声とともに、ゲンジさんは煙を吐き出した。

「それは俺でも騙《だま》される」

「わかってます。ゲンジさんは天才です」

僕は小脇に抱えた紙袋を叩いた。

「は？」

聞き返したゲンジさんは、しばらく考えてから、またハハと笑い、もう行けというように僕に手を振った。

僕は造った金を持って、新宿の裏路地で二人と落ち合った。表通りには健康的な日差しのもと、健康そうな人たちが行き交っていたが、裏路地には昨夜の不健康さがまだ居残っていて、僕ら以外の人影はなかった。

「場所は？」と僕は聞いた。

「あの先の交差点だ」

路地から顔を出して覗《のぞ》くと、大通りが交差する交差点が見えた。まさかそこで取引するつもりではないだろう。行く先を知らせずただ僕らを呼び出すための目印なのか、あるいはどこからか僕らの周囲を確認するつもりなのか。隆史が買ってきた小さな発信器を父さんのジャケットに仕込み、僕と父さんは裏路地を出た。距離を置いて、隆史も路地から出てきた。

「聞こえるか？」

父さんが言った。さり気なく振り返ると、胸の辺りで隆史が小さくＯＫのサインを出していた。交差点についたところで、父さんが母さんの携帯に電話をかけた。

「ついたぞ。どこにいる」

父さんが一つ頷き、僕と発信器に言った。

「指示通りに歩けって」

父さんが携帯を耳に当てたまま歩き始めた。交差点を渡り、しばらく歩いたところで大通りを外れた。コンビニを通り過ぎ、さらに細い道に入ったところに、古いビジネスホテルがあった。向かいには建設中のビルがある。父さんが僕に目配せをしてホテルの中へ入った。入る間際に振り返ると、建築作業のためだろう。道の端に停められたトラックの陰に隆史が身を寄せるところだった。

安っぽいというよりは、どこか胡散臭《うさんくさ》さすら漂うホテルだった。フロントには客の姿はおろか、ホテルマンの姿もない。『ご用の方はベルを押してください』と張り紙があり、ドアフォンのようなボタンが置かれていた。

「何号室だ」

無人のロビーで父さんが携帯に聞いた。相手の言葉に頷き、父さんが携帯を切った。

「五〇一」

僕らはエレベーターに乗った。グゥンという眠たげな音を立てて、エレベーターは僕らを五階へ運んだ。普通のホテルなら部屋の清掃に入る時間のはずだが、五階のフロアにも人影はなかった。向かいのビルの工事の音だけが聞こえていた。エレベーターを出て右に歩き、一番端の部屋のドアを父さんがノックした。ドアに人が近づいてくる気配がした。ドアの覗き穴からこちらを確認しているのだろう。

「金は？」

少しかすれた声が聞こえた。僕が手渡し、父さんが黙って紙袋を覗き穴の前に掲げた。

「そこで服を脱げ」

僕と父さんは顔を見合わせた。

「素っ裸だ。パンツも脱げよ」

薄く笑いを含んだ声が命じた。

「武器なんて、まさか持ってないとは信じてるけどよ」

僕らは仕方なく、その場で服を脱いだ。僕らがパンツまで脱いだところで、ドアが開いた。僕らは脱いだ服を持って、部屋の中に入った。ドアのすぐ脇にバスルームとおぼしき扉があった。その先にはシングルベッドが一つに、申し訳程度のソファーとテーブル。僕らを迎えたのは背の高い男だった。薄いグレーのスーツをノーネクタイで着ていた。のっぺりとした肌と目つきが、どこかは虫類を思わせた。母さんがターゲットに選ぶ男にしては、目つきに品がなさすぎた。どうして母さんはよりによってこんな男に近づいたのか。一瞬、不審に思ってから、僕は首を振った。たぶん、明日香だ。母さんも明日香の高校のことを考えていた。だから、多少の懸念は呑《の》み込んで、こんな男に近づいた。

「服はそこに置いて、こっちにこい」

僕らは入ってすぐのドアの下に服を置き、部屋の奥へ進んだ。ベッドの前に立った男は、そこで止まれ、というように開いた手を掲げた。二メートルほどの距離を置いて、僕らは男の前に立った。男の脇にはテーブルがあり、画面が向こうに向いたノートパソコンが一台置かれていた。男は右手にある大振りのナイフを見せつけるように、その平で左手をぱしぱしと叩いた。

「お前が『父さん』か」

男は言って、僕に視線を移した。

「そんで、そっちが子供かよ。お前、いくつだ」

「十六」と僕は答えた。

「十六ってことは、十五のときの子供か。お前、十五の小娘、はらませてんじゃねえよ」

「実際は、三十六だよ」と僕は言った。

「あれ、三十六か？」

男はクックと笑った。

「そりゃ、少しはサバ読んでるかと思ったけど、五つも読んでるのか？」

ああ、まあ、いいや、と男は言った。

「金だ。寄越せ」

「人質と交換だ。あいつはどこだ？」

男がまたクックと笑った。

「実況中継だ」

男はノートパソコンの画面をくるりとこちらに回した。僕と父さんはその画面を見た。ベッドに全裸の人が横たわっている。女性であることはわかるが、首から下しか見えない。窓にカーテンは引かれていなかった。その窓の向こうに建設中のビルが見えた。僕はパソコンの画面から、部屋の窓の外に視線を移した。同じビルだ。

「察しがいいな」と男が僕に言った。「そう。このホテルの一室だ」

　重機の動きが画面と窓の外で一致していた。パソコンの画面が今を映していることに間違いはないだろう。

　男がカードを投げた。父さんが足下に落ちたそのカードを拾った。カードキーであることはわかるが、部屋のナンバーはなかった。

「何号室だ？」と父さんが聞いた。

「そいつは内緒だ。俺は今から金を確認して、このホテルを出る。お前らはホテルを捜せよ。フロントに適当な理由を付けてねじ込むか、片っ端からキーを通してみるか。ま、好きにするさ。その間に俺は逃げる。こっちは消える時間ができるし、そっちの人質がこのホテルにいることは間違いない。フェアーな取引だろ？」

「ここが五階だからそれより下だね」

　発信器は父さんのジャケットとともに入り口に置いてある。そこに届くように僕は父さんに話しかけるふりをした。

「四階じゃないよね。もっと下。二階か、せいぜい三階。窓にはレースのカーテンも引いてない」

「ま、がんばって捜せ」

　パソコンの画面上で、人の体が苦しそうに動いていた。

「確かにあいつか？」

「女房の体見てわかんねえのかよ」と男は笑い、少しかがみ込むようにして画面を見た。「顔も映るようにしといたんだけどな。動いちゃったな」

父さんが僕に視線をやり、僕は頷《うなず》いた。画面に映る左の肘《ひじ》に見覚えのあるやけどの痕《あと》がある。間違いなく母さんだ。

「金」

姿勢を戻した男が短く命じた。父さんは紙袋を突き出した。ナイフを構えて近づいてきた男は、父さんの手から紙袋をひったくると、また距離を取った。こちらを慎重に警戒しながらベッドに座って袋を開け、ヒューとわざとらしく口笛を吹いた。ナイフを手にしたまま取り出した札束を指でめくり、また別の札束を確認する。ざっと札束を確認した男は、そこから一枚を抜き取り、ためつすがめつ眺めたあと、上に掲げて透かしを確認した。父さんはわずかに緊張していたが、僕は心配していなかった。ゲンジさんが造った札だ。こんなトウシロに見破れるはずがない。

「検査官が見るのは人だ」

ゲンジさんがそう言っていた。堂々としていればいいのだ。

ずいぶん長い時間をかけて札を確認すると、男は手にしていた一枚をポケットに入れた。

「もうちょっと値を上げてもよかったか」

そのとき、パソコンの画面に動きがあった。隆史が部屋を見つけて踏み込んだらしい。

この時間に、レースのカーテンすら引いていない部屋はそうはないはずだ。階数が限定され、ワンフロアに十室もないホテルを外から眺めれば、その部屋は簡単に特定できる。僕らが入ってきたときと同じようにフロントに人がいなかったのなら、フロントに入り込んで、部屋のカードキーを作成することだってできただろう。

　こちらに向けた画面は男からは見えない。僕は画面の変化を気取られないよう、すぐに男に視線を戻した。父さんもそうした。

「あんたは何なんだ」

　男の注意を逸《そ》らすために僕は聞いた。

「詐欺師か？」

「そんなもんまで説明する気はない」

　紙袋からすべての札束を自分のバッグに移し終えた男は、満足そうにぽんと一つバッグを叩《たた》いて僕らを見た。

「知ったって仕方ねえだろ？」

　ああ、安心しろ、と男は言った。

「お前らのこと、警察にチクったりだけはしねえからよ。そこは信用してくれていい」

　上等な冗談のつもりらしい。そりゃそうだろ、と男は声を上げて笑った。

「さて、それじゃ、俺はそろそろ行くか」

　男がベッドから立ち上がり、パソコンに手を伸ばした。一瞬、ひやりとしたが、そのときにはすでに隆史の姿は消えていた。母さんの姿はまだ画面上にある。

一度画面に目をやってから、男がパソコンをぱたりと閉じた。僕らに注意しながら、ケーブルを抜きに動いた。抜いたケーブルをまとめ、パソコンをバッグにしまった。そのとき、部屋がノックされた。男が動きを止めた。

僕と父さんは顔を見合わせた。男が鋭く僕らを睨《にら》んでいた。

「知らねえよ」と父さんが小さく言った。

「人質は無事に戻る。僕らが何かするわけがない。警察、呼ぶと思うか？」

再び部屋のドアがノックされた。

「フロントですが。申し訳ありません。お客様、ちょっとよろしいでしょうか」

男が何も答えるなと僕らに目線で合図した。

「お客様？　おいでにならないようでしたら、開けさせていただきますが？　チェックインの際、お客様にいただいたご住所、確認させていただいたところ、ご記入に間違いがあったようで。警察から回ってきました手配書と、お客様が似てらっしゃるとフロントのものが申しまして。まさかとは思いますが、一応、確認だけさせていただけますかね」

男がちっと舌打ちした。

「手配書？」と僕は小声で聞いた。

「俺じゃねえ」と男は短く答えた。「お前」

父さんに目をやりかけて、男は僕に視線を移した。

「いや、そっちだ。出ろ」

この格好で？　と、僕は手を広げた。

「バスタオルでも巻け。下手なことすんなよ」

僕はバスルームからバスタオルを取ると、それを腰に巻いて、ドアの覗《のぞ》き穴から外を覗いてみた。やはり隆史だった。どういうつもりか、一瞬、迷った。このまま男を出て行かせさえすれば、それで目的は達せられる。できることなら、ゲンジさんの偽札は回収したいが、そんなものは二の次だ。今、隆史を招き入れる必要はどこにもない。

僕はドアを開けた。

「何かの間違いじゃないですかね」

男に聞かせるためにそう言った僕を安心させるようににこりと笑うと、隆史は僕の胸を押して部屋に入った。何のつもりかわからないが、隆史のことだ。僕の考えより、二歩、三歩、先を行っているのだろう。

「何だ？」

部屋に入ってきた小学生に、男は啞然《あぜん》とした。

「あれ？　言ってなかったの？　あ、はじめまして。僕、次男です」

「二人目もいんのかよ」

男は隆史を見て、呆《あき》れたように言った。表情を決めかねるような曖昧《あいまい》な笑みが揺れていた。取引現場にやってきた闖入者《ちんにゅう》。本来なら警戒するべきだが、相手はどう見ても小学生。取引を終えた今、警戒するほどの相手ではない。

「それじゃ、家族四人、仲良く暮らせ」

男がバッグを担ぎ上げた。右手のナイフは放さない。道をあけろと言うように男がナイフを小さく振ったときだ。隆史が口を開いた。

「あなた、母さんを殴りました?」

男が怪訝《けげん》そうに隆史を見た。

「殴りましたよね?」と隆史は言った。「母さん、顔がぼこぼこでした。痣《あざ》もあったし、瞼《まぶた》なんかすごい腫《は》れちゃって」

ああ、それか、と男は笑い出した。

「プレイだ」

「はあ?」

「俺はそういうの、好きなんだよ。お前の母ちゃんが言ったんだぜ。あなたの好きにしていいのよって。だから好きにしたんだよ」

男はゲラゲラと笑いながら隆史に言った。その笑い声に頬が引きつった。男はおそらくこんな風にゲラゲラ笑いながら母さんを殴りつけたのだろう。

「母さんは?」と隆史が言った。

「あん?」

「お前の母ちゃん、いい声で泣くな。あの泣き声はたまらなかったぜ。俺、あえぎ声より悲鳴で興奮するタイプでよ」

そうですか。悲鳴を上げてましたか。

隆史は言った。そして腰の辺りから何かを抜いた。

「え？」

男がきょとんとした。僕と父さんは固まった。一瞬だけきょとんとした男は、それからまたゲラゲラと笑い出した。

「何だよ、それは。仮面ライダーごっこか何かか？」

自分の前に立つ小学生。その小学生が構えた拳銃《けんじゅう》。男にしてみれば、冗談にしか思えない光景だろう。

「隆史、やめろ」

父さんが言った。

「母さんは戻る。それでいいだろ？　それ、下ろせ」と僕も言った。

父さんと僕に一瞬目をやり、男の表情が硬くなった。

「は？」と男は言い、それから無理に笑おうとした。「冗談だろう？　銃って、おい、馬鹿言うなよ。オモチャだろうが」

「隆史、何でだ」と僕は言った。「そいつ、殺して、それでどうなる？　面倒になるだけだろ？　金なんてくれてやれよ。母さんは戻るんだ。それでいいじゃないか」

「いくない」と隆史は言った。「こいつ、母さんを殴った」

「わかった。わかったから、やめろ」と僕は言った。

「やめない。僕が殺す」

「隆史」

「決めたじゃないか。あの日、僕らは決めたんだ。もう誰にも母さんを殴らせたりしない。そんなやつからは、絶対に僕たちが守ってやるって、そう決めたんだ」

　隆史の声に涙がにじんでいた。隆史が一歩前に出た。ゴクリと唾《つば》を飲み込み、男が一歩下がった。

「母さん、僕に言った。もう二度とあんたを殴らせたりしない。家の柱に縛り付けて、食べ物もあげずに閉じ込めるなんて真似も絶対にさせない。真冬に一晩中、裸で玄関の前に立たせるようなことも絶対にさせない。そんなやつには、私が回し蹴《げ》りをかましてやるって」

「わかった。わかってる」

「お前、嘘だろう？　本物、なのか？」

　下がった男の膝《ひざ》の裏がベッドに当たり、男はベッドにぺたんと腰を落とした。

「だから、僕も約束したんだ。もう誰にも、絶対に誰にも、母さんを殴らせたりしないって。たとえ相手が旦那《だんな》でも、そんなことは絶対にさせないって。母さんの旦那が母さんを探し当ててまた殴ろうとしたら、僕が殺してやるって」

「よせ」と僕は言った。

「お前、僕の母さんを殴った」

小さな悲鳴を上げて、男がベッドに飛び上がった。僕は隆史に飛びついた。が、男がベッドの向こうに隠れる前に、轟音《ごうおん》が響いていた。ぎゃっという悲鳴とともに、男の体がベッドの向こう側に崩れた。僕に押し倒された隆史が僕の腕の中で小さく呟《つぶや》いていた。

「僕は約束したんだ。母さんを守るって。僕は約束したんだ。僕は家族を守るって。僕は約束したんだ」

「わかってる。わかってるよ、隆史」

僕は隆史の体をぎゅっと強く抱きしめた。隆史の体は小刻みに震えていた。

いてーよ、いてえよお、という声がベッドの向こうから聞こえてきた。僕は隆史の手から銃をもぎ取った。振り返ると、こちらに背を向けてベッドに座り、父さんが男を見下ろしていた。僕は隆史の頭を撫《な》でてから、取り上げた銃を持って、ベッドを回った。床にうごめく男がいた。背後から胸を撃たれたようだ。床のカーペットに染みがゆっくりと広がっていった。いてーよ、いてえよお、という呟きも、徐々に力をなくしていった。

男を眺めていた父さんが僕を見た。

助からない。

わずかな目配せで、僕らはそれを確認した。

父さんが手を伸ばした。銃を手渡した。反射的な行動だった。

父さんが銃を手に立ち上がり、男に言った。

「足に当たっただけじゃねえか。ゴタゴタわめくな。ツバ、つけときゃ治る」

僕は父さんを見た。父さんは男に向かって銃を構えていた。

「今んところは、だけどな」

父さんが迷わず、引き金を引いた。ぐっとうめくだけの力は、まだ男にも残っていた。男の足に穴が開き、そこからじっとりと血がしみ出してきた。足に手をやり、首をこちらにねじった男が、すでに血の気を失った顔で懇願するように父さんを見た。

「ああ、痛《いて》えか？　痛そうだなあ。今度は胸に当たっちまったなあ。でも、しょうがねえよな。お前、オレの女房、殴ったんだからよお。ま、安心しろ。すぐ楽にしてやっから」

父さんが何をする気なのかはわかった。止めようと思った。止めようと思ったけれど、体が動かなかった。轟音が響いた。男の眉間《みけん》がはじけ飛んだ。のけぞるように体をよじらせた男は、それきり動かなくなった。

「あーあ、やっちまった」

父さんは呟いて、どすんとベッドに腰を下ろした。嘘みたいな情景だった。血を流して横たわる知らない男の死体。ベッドに座る裸の父さん。漂う硝煙と血の臭い。外から聞こえてくる工事の音。目の前を横切る羽虫。

「逃げよう」と僕は何とか口を開いた。「早く」

子供のように父さんの手を取り、引っ張った。

「人殺しだよ。逃げらんねえ」

「逃げよう。な？　早く逃げよう。荷物をまとめて、またどこかでやり直そう」

「また住基データをいじるのか？」

「いくらだってやってやるよ。そんなこと、いくらだってやってやる。俺、そんなことしかできないけど、でも」

いつしか僕は涙を流していた。家族を守るため、隆史は銃を手にした。家族を守るため、父さんは人を殺した。家族を守るため、僕ができるのは、脇の甘い公務員を見つけて、ウィルスを役所のパソコンに忍び込ませ、住民票のデータを改ざんすることくらいだ。

「お前は、よくやってくれてるよ」

自分の腕をつかんだ僕の手を父さんはぽんと叩《たた》いた。

「お前がいるから、オレも安心していられた。母さんだって、隆史だって、明日香だってな。頼りにしてるよ」

「逃げよう。早く。人がくる」

父さんは僕の手を外し、背後を振り返った。そこにまだ呆然《ぼうぜん》とうずくまる隆史を見た。

「隆史。お前は母さん連れて、家に帰ってろ」

「僕が……僕が撃ったから」

「違うよ。お前が撃っただけなら、何てことはなかった。足に穴が開いたけど、こいつだって、表に出られるタマじゃない。もぐりの医者か何かを見つけて、適当に治療しただろ。オレが許せなかったんだよ。お前のせいじゃない」

　隆史がすがるように父さんを見て、それから僕を見た。ここでしっかりしないでどうする。そう言うように、父さんがベッドの陰で僕の足を踏みつけた。

「お前は帰ってろ。母さん、ちゃんと連れて帰るんだぞ。痣《あざ》があるって？　ちゃんと冷やしてやれ。学校に電話して、明日香を早退させろ。二人でしっかり母さんを守ってやれ」

　僕の言葉の途中から、隆史の視線が焦点をなくしていた。僕はベッドを踏み越えて、隆史のもとに戻った。

「しっかりしろ。俺たち、家族だろ？　家族の一大事だ。みんながやれることをやる。今、お前にできるのは、母さんを家に無事に連れ帰ること。わかるだろ？」

　肩をつかんで、強く揺すりながら僕は言った。隆史がゆるゆると頷《うなず》いた。僕はその頬をはたいた。

「淳坊」

　とがめるような声を父さんが上げたが、僕は構わなかった。

「お前を二度と殴らせたりしない。そう約束した。でも、俺はお前を殴る。お前の兄貴だから、必要ならお前を殴る。しっかりしてくれ。こんなことで、あんな馬鹿野郎のために、俺は家族をなくしたくない。お前だってそうだろ？」

隆史が頷いた。焦点が僕の顔に戻った。

「行け」

隆史が立ち上がり、一度部屋を振り返った。

「父さん」

それきり言葉を探しあぐねた隆史に、父さんがにやっと笑った。

「いい子にしてろ」

隆史は頷き、部屋を出て行った。

「どうする？」と僕は言った。「本気で、自首する気か？」

「しょうがねえだろ。殺人だ。越えちゃいけない一線を越えちまったんだ」

「逃げりゃいいじゃないか。こんなやつ、死んだって、どうせ誰も悲しみやしない」

「悲しまなくたって、捜査は始まるわな。そうすりゃ、最近、被害者とやけに親しかった女がいたってな話になる」

母さんがどの程度男の周囲に自分の痕跡《こんせき》を残してきたかはわからない。けれど、父さんの言うように、男を調べれば、いずれ捜査線上に母さんは浮かんでくるだろう。

「幸い、オレは前科持ちだからよ。最近は、空き巣からホテル荒らしに宗旨替えしてましたってなりゃ、話は通る。そこに運悪く、部屋の主が戻ってきちまいました。仕方なく持っていた銃でバン」

な？　と父さんは笑った。

「説得力、あるだろ？」

強盗殺人。下手をすれば死刑。いや、前科持ちの父さんだ。その可能性はある。よくとも、無期懲役は覚悟しなければならないだろう。

そう考えて、僕は唇を噛《か》んだ。

あのとき、僕に手を伸ばしたとき、すでに父さんはそこまで考えていたのだろう。そこまで考えても、迷わず引き金を引いた。隆史を殺人者にしないためには、それしかなかった。そこには迷う時間はなく、父さんには迷う理由もなかった。

家族のため。

いつもそう思っていたつもりだった。いつもそう思っていたつもりだったのに、僕の思いは、いつだって隆史にも父さんにも勝てやしない。きっと母さんにも。そして明日香にも。

僕は手を出した。父さんが訝《いぶか》るように僕を見た。

「銃」と僕は言った。「痛いけど、我慢しろ」

「何だよ」

「最近、空き巣から宗旨替えしたホテル荒らしが忍び込んだ部屋に、運悪く、部屋の主が戻ってきてしまいました。慌てて逃げようとしたホテル荒らしに向かって、部屋の主はいきなり銃を取り出し、発砲しました。撃たれたホテル荒らしは、命の危険を感じ、必死に抵抗し、もみ合っているうちに男の足と胸と頭を撃ってしまいました」

父さんはしばらく考え、言った。

「撃たれる前にもみ合いになったってのは？」

「却下。説得力に欠ける」

「だって、こいつが銃を持ってたって話自体、説得力に欠けねえか？」

「そうでもないさ。何せ、結構、精巧にできた偽札を一千万分も持ってるんだ。銃くらい持っていてもおかしくない」

「はあ、なるほどね」と父さんは言った。「さすがうちの長男だ。頼りになる」

「あとは任せて。大阪でも、北海道でも、またやり直すよ。父さんが出所したら、また引っ越せばいい」

その筋書きで押し通せれば死刑はない。何十年の懲役だろうが、父さんが死なない限り、僕らは待っている。まずは生き延びること。それが何より大事なことだ。

「帰って、いいのか？」

「当たり前だろ。それとも、他に帰る場所、あるのか？」

すっと父さんが視線を外した。

「なあ、淳坊。いい潮時じゃねえか？　お前にしても、隆史も、明日香も、本当の家に帰るってのはどうだ？」

「よせよ」

僕は言った。不意に立っていることがつらくなり、父さんの隣に腰を下ろした。

「家に帰って、隆史はまた親に虐待されるのか？　そもそも、隆史を連れ帰ったのは、父さんじゃないか」

空き巣に入った家から、その日、父さんが持ち帰ってきたのは、その家の柱に縛り付けられていた一人の小学生だった。やせ衰え、一切の口をきかず、少年は、ただ出された食べ物を黙々と食べた。三日が過ぎ、どこかの児童相談所にでも置き去りにしてこようかと話し合っていた僕らに向かって、彼が初めて口を開いた。

ここの子にして。

「明日香にしたってそうだよ。帰るったって、あいつの親なんて、どこにいるかもわかりはしない」

母親はずっと前に家を出てしまい、父親も不在がちだった。何の仕事をしていたのか、帰ってくるのは、一月に一度、あるかなしかという状態だったという。小さな妹が一人いた明日香は、その妹のために親の役を務めた。掃除をして、洗濯をして、料理をして、一緒にお風呂《ふろ》に入り、寝る前にはお話を聞かせてあげた。もともと心臓に疾患があったという。ある日、目覚めると、妹は自分の腕の中で冷たくなっていた。連絡を取ろうにも、父親はどこにいるのかもわからなかった。妹が死んで一週間後、一人で夕飯の食卓に着き、いただきますと手を合わせた明日香は、いただきますというもう一つの声が聞こえないことにふっと「我に返った」。私はここで何をしているのだろう。妹がお腹をすかしている。早く妹のところへ行ってあげなきゃ。たった一人の家族のために、料理を作ってあげなきゃ。

母さんと出会ったのは、早朝の駅のホームだったという。夫の暴力に疲れ果てて家を出た三十代半ばの女は、自分と同じ目でホームから線路を見ている少女に気がついた。自分以上に疲れ果てている少女の姿に、女は生きる気力をかき立てた。死んでる場合なんかじゃない。死ぬにしたって、せめてこの子を生かしてから死んでやろう。

そして母さんは男を騙《だま》し始めた。自分を痛めつけ、少女を見捨てた男という生き物に復讐《ふくしゅう》を始めた。あるとき、騙すために近づこうとした男には血のつながらない二人の息子がいた。

「お前は？」と父さんが言った。「お前は帰れるんじゃないのか？　被害届だって、きっと出てないだろう？　今だって、親御さんは捜しているかもしれない」

父さんとの出会いを思い出し、僕は笑った。

あのとき、包丁を置いて家を出た僕はふらふらと町をさまよい歩いていた。大通りは避けて歩いた。ついさっきまで人を殺そうとしていたのだ。警察に捕まる。その怯《おび》えがあった。夜が明け、朝がきて、いつしか太陽が高く昇っていた。疲労と空腹を抱えたまま小さな通りを選んで歩き回り、ふと行き止まりに突き当たった。僕はボーッとしたままきた道を戻った。しばらく戻ったところで、泥棒、という声が上から降ってきた。ふと見上げると、マンションの排水パイプを伝うようにして、男が一人こちらに降りてきていた。そいつ、捕まえて。窓から顔を覗《のぞ》かせたおばちゃんが僕に向かって叫んだ。よっ、と僕の前に着地した男が、駆け出した。僕は咄嗟《とっさ》にその腕をつかんだ。ありがとう、坊や。すぐに警察呼ぶから。叫んだおばちゃんが窓から姿を消した。

「見逃せ」

男は言った。四十過ぎ。僕よりもはるかにがっちりとした体形をしていた。それなのに男には争う気はないようだった。僕の手を振り払う素振りすら見せなかった。

「そっち、行き止まり」と僕は言った。「逃げるなら、こっち」

「は？」

「早く」

僕は男の腕をつかんだまま駆け出した。思えばそれが、僕ら「家族」の始まりだった。やがて隆史がそこに加わり、そして母さんと明日香と出会った。僕らはともに暮らすことに決めて、同じ家に移り住んだ。今から一年と二ヶ月ほど前のことだ。

「嫌だよ」と僕は言った。「帰るつもりなんてない」

「だって、親だろう？」と父さんは言った。

親、と僕は考えた。

「違うよ」と僕は首を振った。「親なんかじゃない」

「ガキみたいなこと言うなよ」

「そうじゃなくてさ。親なら殺せたんだ」

「うん？」

二人が親ならば、あの日、僕はきっと二人を殺せていた。

「可哀想だと思っちゃったんだよ、あの日、俺、両親を見てさ。ああ、殺しちゃ可哀想だって」

僕の父親はその世界では少し名の売れたファンドマネージャーだった。僕の母親はM&Aを専門にする会計士だった。厳格な父でもなかったし、教育ママでもなかった。二人は、僕のことになどほとんど何の関心も持っていなかった。いや、そういう言い方はフェアーじゃないのだろう。二人はただ、僕の将来に何の関心も持っていなかっただけだ。


人生とは、誰にとっても一度きりのものであり、自分の人生をどう生きるかは、その人が模索しながら決めていくものである。明確な目的を持てば、その目的に達する道は自《おの》ずと決まってくる。それは親といえども、口を出すべきものではなく、あくまでその人個人が決断するべき領域の話である。

深夜、父親が淡々と口にした正論に、僕は言葉を失った。父親は微笑みながら続けた。

「小さな頃から、一人ぼっちにさせることが多かった。それは悪いと思っている。でも、父さんも母さんも、自分のやりたいことを真剣に目指し、努力している。それはわかってくれるよな？　自分がその犠牲になっていると思っているわけではないんだろう？」

僕は頷《うなず》いた。そんなことじゃない。僕がその日、話したかったのはそんなことじゃなかった。いや、話題なんてどうでもよかった。僕はただ、本当にただ、父親と息子の会話がしたかっただけなのだ。

「いずれ、お前も自分のやりたいことを見つけ、それに向かって努力を始めるだろう。そのときに、俺たちは同志として色んなことを語り合えるんじゃないかな」

同志として？　色んなことを語り合える？

「ねえ、父さん」

僕は思わず聞いていた。

「あなたは僕の友達になりたいんですか？」

一瞬、虚をつかれたような顔をした父親は、たとえばの話だよ、と微笑んだ。目的。目標。意識。努力。自己投資。自己規律。自己実現。繰り返される正論に、僕はいつしか笑い出していた。その後、何を怒鳴ったのか、今となっては覚えてはいない。不機嫌に起き出してきた母親は、明日《あした》聞くから、もうやめなさい、と言ったあと、寝室に戻りかけていた足を止めた。

「ああ、明日は駄目だった」

どこかへと消えた母親は、すぐに手帳を片手に戻ってきた。

「今週は厳しいから、来週。来週でいい？　火曜日。それなら十二時前には帰れると思うから」

あなたは、と問うような母親の視線に、父親が頷いた。

「火曜日だな。まだちょっとわからないが、努力するよ」

もう笑うこともできなかった。僕は目の前から立ち去る二人を言葉もなく見送った。おやすみを言わなかった。そう気づいたのは、自分のベッドに入ったあとだった。今日だけじゃない。もう何年も、僕はおやすみという言葉を口にしたことがない。耳にしたこともない。ただいまも、お帰りも、いただきますも、ごちそうさまも。

翌週の火曜日、二人は零時を回っても戻らなかった。僕は自分の部屋で一人、二人が帰ってくるのを待った。母親が帰ってきたのは午前一時過ぎだった。シャワーを浴びる音がした。廊下を近づいてきた足音は、僕の部屋に立ち止まることなく寝室へ向かった。その三十分後には父親も帰ってきた。父親が寝室に入るのを音で確認した。それから一時間、僕は暗い部屋の中で膝《ひざ》を抱えて座っていた。そしてキッチンへ向かい、包丁を取り出した。両親の部屋へ行き、眠っている両親を滅茶苦茶《めちゃくちゃ》に殴りつけた。殺すつもりだった。けれど……。

「やめてくれ」

「殺さないで」

二人の悲鳴が僕を止めた。怯え切ってこちらを見る二人の目の奥を僕は覗き込んだ。そして理解した。彼らが訴えているのは、お前の親である私を殺すな、ということではなかった。ましてや、息子である僕が殺人者になることを止めているわけでもなかった。小さな頃から必死に努力し、苦労してここまで実現してきた俺という自己を消し去るな。あらゆる欲望を我慢し、ようやくここまでたどり着いた私という自己を抹殺するな。お前にそんな権利はないだろう？　彼らはそう言っていた。そのことを心から恐怖していた。それがわかって、僕は醒《さ》めた。すでに力をなくした二人をただ呆然《ぼうぜん》と見下ろした。そして思ったのだ。殺しちゃ可哀想だと。一度、そう思ってしまえば、どうして自分が二人を殺そうなどと考えたのか、思い出すことができなかった。二人を殺す意味など、どこにもなかった。二人を殺せるほどの高ぶりなど、どこにもなかった。僕らは他人だった。僕は包丁を置き、家を出た。あの日以来、二人を思い出したことなど、ほとんどない。

「そう気づいて、悲しかったか？」

「いや」と僕は首を振った。「ほっとした」

「ほっとした？」

「別に二人を殺さなくても、ここから出て行けるんだとわかって、ほっとした」

しばらく考え、父さんはぽつりと呟《つぶや》いた。

「ひでえ話だな」

「うん」と僕は頷いた。

「ひでえ話だ」

もう一度繰り返して、父さんは僕の頭をごしごしと撫《な》でた。不意に涙が出そうになり、それを誤魔化すために立ち上がった。

「服、着よう」

僕らは立ち上がり、服を取りに行った。

父さんが子供を失ったのは、二十年ほど前だと聞いた。窃盗で捕まり、実刑を食らった父さんは、生まれるはずだった子供の死を「中」で知った。一時停止を無視して交差点に突っ込んできたトラックは身重の女性をはね飛ばした。奥さんは一命を取り留めたものの、お腹にいた子供は助からなかった。そのとき、奥さんは父さんの面会にくる途中だったという。父さんが窃盗に手を染めたのは、勤めていた会社が潰《つぶ》れ、子供の出産費用を何とかしようと思い詰めた果てのことだった。

母乳が出るの。

その後、しばらくして面会にやってきた奥さんは、そう呟いて泣き崩れた。出所した父さんを奥さんが待っていることはなかった。

「男は母乳は出ねえけどよ」

その話をしたとき、父さんはそう呟いた。

「でも、何か出るんだよ。本当はどこかに向かうはずのエネルギーみたいなもんがさ。行き場をなくして、うろうろしてるんだよ」

その話を聞いたのは、父さんが隆史を連れ帰ってきた日の夜のことだった。

のろのろと服を着終えて、僕は父さんを見た。すでに服を着終わっていた父さんが一つ頷いた。

死体となった男を父さんが抱きかかえ、血を服につけた。硝煙反応。そんなものが本当に検査されるのかは知らなかったが、男の手に銃を握らせた。父さんが足を突き出した。僕は男の手の上から銃を握り、父さんの足に狙いを定めた。そこに生まれる痛みの、十分の一でいい、百分の一でもいい。せめてそれくらいを自分が引き受けられたらと心から願った。かなうはずのない願いを込めて、僕は引き金を引いた。


待ち合わせた交差点に父さんが立っているのが見えた。僕は交差点を少し過ぎた路肩に車を停め、運転席から降りた。お昼時。まだ高い夏の日差しに手をかざし、それから僕に気づいたようだ。父さんがこちらに向かって手を上げた。僕も手を上げ返した。信号が青になり、父さんが横断歩道を渡ってきた。微《かす》かに足を引きずっていた。髪の半分ほどが白くなっていた。車の脇に立った僕を父さんが見上げた。照れたようににやっと笑い、父さんが聞いた。

「いくつになった、お前」

「二十八」

父さんが目を細めた。

「二十八か」

そこまでの歳月を嚙《か》み締めるように父さんは言った。

刑務所に入ると、面会も、手紙も、父さんは一切のコンタクトを禁じた。面会は素性を問われる。手紙は内容を検閲される。お前たちは、家を守ることに専念しろ。検閲を気にしたのだろう。最初に出した手紙の返事には、僕ら家族のことがばれないように慎重な言い回しでそう書いてあった。

父さんに言われて面会は避けたが、折を見て手紙は出していた。もっとも、家族のことを書けば、僕らの素性やそのときどきの居場所がばれる恐れがある。ゲンジさんの住所を差出人として出した手紙には、みんな元気にしています、という程度の簡単な文句しか書けなかった。父さんからの返事はなかった。

出所する。

待ちわびたその手紙がゲンジさんのもとに届いたのは、つい一昨日《おととい》のことだ。

「みんなは？　元気か？」と父さんが言った。

「ああ、うん」と僕は言葉を濁した。「元気は元気だよ」

「元気か」と父さんは呟いた。「そうか。元気なら、それでいいんだ」

濁した僕の言葉に何を察したのか、父さんはそれ以上は追及しなかった。僕もそれ以上は喋《しゃべ》りづらかった。母さんと三人の子供。それが父さんを待っているべき家族だった。それなのに、僕はそれを壊してしまった。必ず待っていると約束したのに。

「乗ってよ」

助手席を開けて父さんを車に乗せ、僕は運転席に回り、車を出した。

「それで、お前は？　今、何をしてるんだ？」

「普通に働いてるよ。普通の印刷会社」

「偽札とか刷らないところか？」

父さんが笑った。

「そう。偽札とか刷らないところ」

「明日香、高校はどうした？　オレ、中でもそれだけが気になってて」

「行ったよ。ワタクシリツの高校。大学も出た。隆史だって、大学まで出た」

「そうか」と父さんはほっとしたように言った。「お前と母さんががんばってくれたんだな」

「違うよ」と僕は言った。「父さんのおかげだよ」

「オレの？」

「応挙。覚えてる？」

父さんが少し視線を巡らせた。

「応挙って」

「掛け軸」

「あ、あの？」

「本物だった」

た」

「あれより三年くらい前に盗まれた盗品だった。ブラックマーケットでは結構、有名だったみたいだね。だいぶ叩《たた》かれたけど、それでも明日香と隆史の学費くらいにはなった」

ホントかよ、と父さんが笑い出した。それに合わせた僕の笑い声はどこか空々しいものになった。気まずく笑いを呑《の》み込み、赤信号に僕は車を停めた。

「ねえ、父さん。ちょっと言いにくいんだけど」

父さんは僕をちらりと見て、すぐに視線を前に戻した。

「いいさ。仕方ない。本物の家族だって、いつか別れ別れになるもんだ。お前のせいじゃないよ」

母さんはもう僕の母さんじゃない。明日香はもう僕の妹じゃないし、隆史は僕の弟じゃない。

「いや、俺のせいなんだ」

信号、青だぞ、と父さんが言った。僕は車を出した。

「結婚したんだ、俺」

え？

驚いたように僕を見た父さんの顔に、ゆっくりと笑みが広がっていった。

「何だよ、おい。そういうことか。だから、お前は家を出たんだな？　ああ、それで、そっか。今のかみさんに遠慮して、だからあいつらとはそんなに会ってないって、そういうことか？　でも、あれだろ？　まったく連絡も取ってないってことはないんだろ？」

「ああ、うん」

僕としてはまた言葉を濁すしかなかった。

「何だよ、そっかあ。お前、結婚したかあ」

「ああ、あの、驚く前に言っておくけど、実はもうじき子供が生まれる」

「はあ？」

父さんは絶句して、それから笑い出した。ホントかよ、おい、と笑いながら、運転している僕の肩をばしばしと叩いた。

「え？　お前、親父かよ」

「ああ、うん」

「へえ。男の子？　女の子？　もうわかってるんだろ？」

「どうやら男らしい」と僕は言った。「まあ、声でもかけてやって。胎児でも耳は聞こえてるらしいから」

「オレなんか、行っていいのかよ。だって、かみさんに、オレのこと、どう説明すんだよ」

「かみさんは、知ってるよ。俺の親父は、刑務所に入ってて、昨日出所したって」

「親父って、お前」

「父さんは父さんだよ。今だって、俺の親父は父さんだけだよ」

「それを知ってて、それでもお前と一緒になってくれたのか」

「ああ」と僕は頷《うなず》いた。

それきり黙り込んだ父さんに、僕も黙って車を走らせた。窓の外が見慣れた景色になってきた。角を回り、家の近くになって、僕はスピードを落とした。待ち切れなかったのだろう。大きくなったお腹を抱えるようにしながら、妻が家の門の前できょろきょろしていた。

「あれか」と父さんが言った。「あれがお前のかみさん？」

「そう」

僕は頷いた。こちらに気づいたのだろう。妻が車に向かって、大きく手を振った。

僕は家の前に車を停めた。僕が運転席を降りても、父さんは助手席から降りなかった。顔を伏せ、じっと何かを堪《こら》えるように俯《うつむ》いている。僕は車を回り込み、助手席のドアを開けた。

「父さん」と僕は声をかけた。

顔を伏せたまま車を降りてきた父さんは、降りた途端に、その場に膝《ひざ》をついて土下座した。

「ありがとうございます。こんな親父を持ったこいつと、よくぞ結婚してくれました。

ありがとうございます。決して、この家に迷惑はかけません。一目だけ、こいつに会えればよかったんです。私はすぐに消えます。この家の敷居を決して跨《また》ぎはしません。こいつのこと、どうか、どうか、よろしくお願いいたします」

父さんは地面に額をこすりつけた。溢《あふ》れそうになった涙を堪えた。

「やめてくれよ」

かけた言葉は思わずぶっきらぼうなものになった。

「そうよ。やめてよ」

目の前にひざまずいた妻の声に、父さんが顔を上げた。

「私たちが、どれだけ今日を待ってたと思ってるの？　ね、早く上がって」

「私たちって、え？　お前、明日香？」

「ひどいわね。娘の顔、忘れたの？」

妻の顔になり、母の顔になりかけている明日香が、にっこりと微笑んだ。

「え？」と父さんは明日香を見て、「え？」と今度は僕を見た。

「ごめん。そういうこと」

「はあ？　お前、明日香と？　え？　結婚？　はあ？」

「ああ、説教はあとで聞くから。上がろう。母さんも隆史も待ってる」

「いるのか？　母さんと、隆史、いるのか？」

「当たり前だろ」と僕は言った。「ああ、まあ、あれから色々とあってね。住民票は何度か書き換えたけど、今は母さんが明日香の母さん。で、隆史は明日香の弟。父さんは俺の父さんになってもらうよ。どこか適当な場所を見つけてさ、またゼロから始めよう」

「ゼロからって、お前」

「何べんだって始めてやるよ。俺たちは家族だ。誰に向かっても、堂々とそう言ってやる。誰にも文句なんて言わせない」

玄関が開いて、母さんが顔を覗《のぞ》かせた。

「ねえ、いつまでそこでグタグタやってるのよ。待ちくたびれたわよ」

驚かすつもりだったのだろう。その手にはクラッカーがあった。隆史もひょこりと顔を覗かせた。父さんを見てくしゃっと顔を歪《ゆが》ませ、それから潤んだ目で笑った。

「さあ、父さん」と僕は言った。

僕と明日香に背中を押され、父さんが玄関に入った。僕らは互いを見やり、この十二年間、ずっと言いたかった言葉を揃って口にした。

「お帰りなさい、父さん」

父さんが僕らの顔を見回し、頷いた。

「ただいま」

日曜日のヤドカリ

見上げた空が眩《まぶ》しかった。けれど、十一月の低い日差しは目に痛いというほどでもなく、俺はごろりと横になったまま、窓ガラスの向こうにある晴れた空を見上げていた。住み始めて一年になるが、貸す際に大家が気を遣って入れ替えてくれた畳は、横になってみればまだイグサの匂いを発していた。

よく晴れた日曜日の昼、借家とはいえ一軒家の和室で横になり、何を思い煩うこともなく、ぼんやりと空を見上げている。そんな三十二歳の自分など想像したことすらなかった。俺は一年前まで自分が住んでいたワンルームマンションを思い浮かべた。けれど、その部屋からいったいどんな空が見えていたのか、思い出すことはできなかった。

「何をしてるんです？」

俺の目の前にひょっこりと弥生《やよい》さんが顔を突き出した。

「空を見ていました」と俺は応じた。

「空ですか」

弥生さんは俺の隣にきてころりと横になった。

「ああ、本当ですね」と弥生さんは言った。「空が見えます」

「はい」

いつまで丁寧語を続けるつもりだと真澄《ますみ》は不満そうな顔をするが、俺にも弥生さんにもこの喋《しゃべ》り方のほうがしっくりくる。親子を始めてまだ一年なのだ。馴《な》れ馴れしいほうがよっぽど不自然だ。

「あ、どこかへ出かけますか？　せっかくの日曜日ですし」

俺は隣の弥生さんを横目で見て言った。

「動物園とか、水族館とか」

「日曜日くらいゆっくりするものです」

小学校五年生の子供らしくなく、そしてとても弥生さんらしい言い草に俺はそっと苦笑し、それからしばらく黙って弥生さんと晴れた空を見上げていた。

いい日曜日だ、と俺は思った。

眠たいくらいに穏やかで、照れ臭くなるほど満ち足りた、いい日曜日だった。

「気持ちいいですねえ」

弥生さんが俺の隣でふわあと欠伸《あくび》をした。

弥生。

その名前を聞いたのは、真澄と初めて体を交えたときだ。そのときまで、俺は真澄に子供がいることすら知らなかった。たまたま入ったスナックで知り合い、成り行きで寝ただけの女。女のそれまでの人生にも、これからの人生にも興味はなかった。そのはずだった。

荒い息を交えたベッドの上、話が自分の名前の由来になったそのきっかけまでは覚えていない。俺は自分の名前が、当時、隣家で飼われていた犬と同じ名前なのだと笑った。

「何でもよかったらしい。考えるのも面倒だから、隣の犬の名前をそのままつけたんだとさ」

嘘でしょう？

その話をすれば、だいたいの人はそう言って笑う。俺もそれ以上言葉を重ねはしない。けれど、俺の親は、少なくとも父親は、そういう親だった。子供になど、隣家の犬ほどの興味しかもっていなかった。

「いいご両親ね」

けれど、その夜に寝た女は、俺のほうに子犬のように体を寄せながら、そう言った。

「どこがだよ」

少し驚いて聞き返した俺を女はきょとんと見返した。

「何にも背負わせないから、伸び伸びやれって、そういう名前でしょう？」

そういう解釈の仕方もあるのかと俺は妙に感心した。

「私の娘ね、弥生っていうの」

俺のわき腹の辺りに鼻を寄せるようにして女は言った。

「三月生まれか？」

「十二月よ」

俺はしばらく考え、それが生まれた月ではなく、その原因があった月の名前だと思い当たった。

「それ、由来を聞かれたらどうするんだよ」

「正直に答えるわよ。あなたという大事な宝物を授かったその月の名前だって」

「娘さん、ぐれるぞ」と俺は笑った。

「どうして？」

　女はまたきょとんと俺を見上げた。

「どうしてもさ」

「いいの。ぐれても、弥生はいい子なの」

　幸福そうな笑みを浮かべた女は、それからしばらく、自分の娘がいかにできた子かを楽しそうに喋り続けた。

　初めて寝た女に子供の話などされれば、普通は白けるだろう。けれど、そのときの俺はそう感じなかった。いい女だなと思い、いい母親なんだろうなと思い、それから不意にその両方が欲しくなった。その半年後に俺はプロポーズをし、その翌月には二つ年上の女の夫になり、九歳の女の子の父親になっていた。初めて会ったときから、真澄の言う通りいい子だと思ったが、一緒に暮らしてみれば、真澄の言う以上に弥生さんはいい子だった。子供のことなど何も知らない俺は、最近の小学生というのはこれほど大人びたものかと単純に考えていたのだが、周囲に話してみれば、やはり弥生さんが特殊なようだ。

「あ、それじゃ、お昼でも食べに出かけましょうか。ハンバーガーなんてどうです？」

隣に寝転ぶ弥生さんを横目で見て、俺は言った。

「ハンバーガーは駄目です。コレステロールの塊です」と弥生さんは俺を見返して、指を伸ばした。「お父さん、お腹、ぷにょぷにょです」

弥生さんにつつかれて、俺は自分の腹を撫《な》でた。本格的ではないにせよ、暇を見つけて何となくやっていたトレーニングも、もう二、三年はしていなかった。ここ一年の俺しか知らない弥生さんは、ぷにょぷにょのお腹の俺しか知らない。父親の威厳を保つためにも、少しトレーニングをしようかと俺は真剣に考えた。

「じゃ、蕎麦《そば》とか、あ、お寿司《すし》は？」

真澄は先ほど高校の同窓会へ出かけていった。何のつもりか、昼食にとカレーを作っていったらしい。我が家の家事の大半は弥生さんが受け持っているが、半年に一度くらいの割合で真澄は突然、料理を作る。そのどれもがとてもオリジナリティーにあふれた味だった。今日のカレーがどんな味かは知らないが、それを夕食に回せば弥生さんの手間も省けるだろう。ほとんど人災とも呼べる真澄の料理ほどではないが、俺の料理だって人に食べさせられるような代物ではない。母娘二人のときからそうしていたという習慣に流されるまま家事の全般を弥生さんに預けてしまっているが、それこそ日曜日くらいゆっくりさせてあげたかった。

「カレーでいいですよ」と弥生さんは言った。「お母さんに言われたときから、昼はカレーだと思ってたから、お腹がカレーを待ってます」

「お母さんがカレーを作ったというのなら、それはきっとカレーの味じゃないですよ」

と俺は言った。

「それも織り込み済みです」

弥生さんが真面目な顔で頷《うなず》き、俺は吹き出した。

「それじゃ、カレーを温めましょうか」

俺と弥生さんが立ち上がったところで、家のインターフォンが鳴った。新聞のセールスか何かだろうと、弥生さんをそのままキッチンに向かわせ、俺は玄関を開けた。そこには弥生さんと同じ年頃の男の子とその父親と思《おぼ》しき男が立っていた。

俺の姿を見て、親子は揃って少し体を引いた。

「何か？」

俺はなるべく柔らかい口調で聞いた。子供のころはともかく、身長が伸び切ってからは人に見下ろされた記憶はほとんどない。弥生さんにぷにょぷにょと言われたお腹だって服の上からではそうとはわからないはずだし、それよりせり出した胸板のせいで太っているようには見えないはずだ。そう生んでくれと頼んだ覚えもないし、そう見えるよう努力してきたつもりもないが、決して愛嬌《あいきょう》のある顔ではない。要するに俺は、ガタイが良くて、人相が悪いのだ。その気がなくたって、いるだけで人を威圧するらしい。証券会社の名刺を手渡せば、大方の相手はその名刺と俺の顔とをしばらく不審そうに見比べる。

俺は子供のころから研究し尽くした果てに見つけた、なるべく愛想良く見える表情を作った。それも大して効果はなかったようだ。そう言われれば、以前、真澄に、その表情はやめたほうがいいと、注意されたことがある。俺にしてみれば、精一杯のお愛想の表情なのだが、真澄によればそれは、獲物を見つけてにたりと笑った肉食獣を思わせるらしい。二人もそう感じたのかもしれない。父親のほうが一層体を硬くしたように感じられた。

「何でしょう?」

表情は諦《あきら》め、それでもなるべく丁寧に響くよう口調にだけは気をつけて、俺は重ねて聞いた。

「あ、私、シンジョウです」と我に返って父親が言った。

「はあ」と俺は言った。

「弥生ちゃんと同じ、五年二組のシンジョウタクミです。私、父親です」

「ああ、そうでしたか」

俺は家の中を振り返り、弥生さんを呼んだ。何ですかあ、と気軽な声を上げてやってきた弥生さんは、タクミくんの姿を認めると、表情を硬くした。きっとタクミくんを睨《にら》みつけ、そのまま俺の隣に並んだ。

「一昨日《おととい》、金曜日のこと、聞いてますか？」とタクミくんの父親は俺に言った。俺は弥生さんを見下ろした。弥生さんはタクミくんを睨みつけたまま、俺には目を合わせなかった。

「いいえ。何でしょう」

父親に視線を戻して俺は言った。

「タクミがお嬢さんに殴られたんです」

父親は言ってから、すぐに、いいえ、と俺に向けて手のひらを上げた。

「子供の喧嘩《けんか》に親が口を出すだなんて、馬鹿げているとは思います。男の子が女の子に殴られて、男の子の父親が文句を言いにくるというのも、何というか情けない話です。ただ」

まだ何かを言い募ろうとした父親を俺は制した。

「殴ったんですか？　弥生が、お宅の息子さんを？」

別にすごんだつもりはないが、父親は俺から目を逸《そ》らすようにして息子を見下ろし、そのついでのように、ええ、と頷いた。

「殴ったということは、拳固《げんこ》ですね？　ビンタで叩《たた》いたとかではなく」

「え？」と父親は目を上げ、俺と目が合うと、またさっきと同じように、ええ、と頷き、そうだよな、と息子の肩に手を置いた。息子は怯《おび》えた目で俺を見上げたままこくんと頷いた。

「弥生さん。本当ですか?」

その口調で、俺が腹を立てているのがわかったのだろう。弥生さんは神妙な顔で俺を見上げ、頷いた。

「素手で、拳固で、タクミくんを殴ったんですか?」

俺は確認した。弥生さんはまた頷いた。頷く頭が上がるのを待たず、俺は拳骨を振り下ろした。びっくりしたのだろう。きゃっと叫んだ弥生さんは、頭に手を当て、目を見開いて俺を見上げた。

「あ、いや、お父さん。そんな」

父親が慌てて言った。タクミくんはぽかんと俺を眺めていた。

「ご心配なく」と俺は言った。「今のは、ただのしつけですから。仕返しの分は、また別です」

「仕返し?」

俺は頷いた。

「目には目を歯には歯を。ハンムラビ法典以来の人類の常識です。さ、ご遠慮なく、どうぞ」

俺は弥生さんの背中を押した。弥生さんは俺を見上げた。俺が深く頷くと、弥生さんはそこにあったつっかけを履いて素直に二人のほうへ一歩進んだ。神妙な顔で二人を見たあと、ぎゅっと目をつぶる。

「あ、いや、でも、そこまでは」

父親は言い、なあ、と息子を見やった。息子は居心地悪そうに父親を見返した。

「いや、反省してくれれば、うちとしてはそれで」

なあ、とまた父親が息子を見やり、今度は息子が頷いた。

「そうですか」

二人の気が変わる前に、俺は弥生さんを自分の手元に引き寄せた。

「それでは、これで」と俺は言った。

「ごめんなさいでした」とすかさず弥生さんが頭を下げた。

「あ、ええ。はあ」

父親は、それじゃ失礼しました、と言うと、息子の手を引いて、家を出て行った。二人が玄関を閉めると、弥生さんがぷっと吹き出した。弥生さんだって、まさか本当にタクミくんのお父さんがタクミくんに殴ることを許すだなんて思っていなかっただろうし、万一、そうなったら、俺はタクミくんが殴る前に、タクミくんの腕をひねり上げていただろう。弥生さんが目の前で男の子に殴られるのを黙って見ている？　できるわけがない。俺が弥生さんに頷いたのは、絶対にそんなことはさせないという意味だったし、弥生さんにもそれは通じたはずだ。けれど、弥生さんがしたことそのものは笑い事じゃなかった。

「笑い事じゃないですよ」とだから俺は厳しく言った。「お父さんは怒っています。本当にグーで殴ったんですか？」

「ごめんなさい」と弥生さんは言った。

「何も付けずに？」

「はい？」

弥生さんが俺を見上げた。

「素手で人を殴っちゃいけません」と俺は諭した。

「はい。反省してます」

「拳《こぶし》を痛めたらどうするんですか」

「はい？」

「手を出すなら、肘《ひじ》でやってください。腕を畳んで、こう、肩を支点にして肘を突き出すんです。拳より硬いし、上下左右、どの角度にも突き出せます。どうしても拳で殴るなら、せめてタオルを巻くとかしてください。指の骨は意外にもろいんです。一発でぶちのめしたいときには、手の中に何か握るといいです。それなら、タオルを巻いていても、結構ききます」

俺の真似をして、肘を上下左右に振り回したあと、弥生さんは俺を見上げた。

「ええと、お父さん。喧嘩は、怒らないんですか？」

その瞳《ひとみ》に一瞬揺れた影は、寂しさか、怯えか。弥生さんは怒られることより、怒られないことのほうに敏感だ。わかってはいても、俺は中々弥生さんを怒れない。弥生さんが怒られるようなことをしないからだ。時に弥生さんは、俺なんかよりはるかに人間ができているんじゃないかと思えてしまう。もちろん、弥生さんだって子供なのだから、勢いで人を殴ってしまうことはあるだろう。けれど、そのことを弥生さんが悪いと思ったのなら、あの場で俺を押しのけてでもタクミくんに自分を殴らせていただろう。それ以前に、自分からタクミくんの家に殴られに行ったかもしれない。弥生さんはそういう子供だ。弥生さんがそれをしなかったということは、弥生さんがタクミくんを殴ったことを心の底から悪いとは思っていないということだし、誰に何と批判されようと、俺は弥生さんのその判断を絶対的に全面的に支持する。

「怒る？　女の子が男の子と喧嘩して勝ったんですよ。どんなお父さんだって怒れません。ハンムラビ法典以前の、人類の常識です」

どんなお父さんだって、というところに力を込めて、俺は言った。

「でも」と弥生さんは頭を撫《な》でた。「叩かれました」

「痛くなかったでしょ？」

「はい。痛くなかったです。びっくりしましたけど」

「それくらいしなきゃ、タクミくんのお父さんの立場がありません。弥生さんは知らないかもしれないですけど、お父さんって、これで結構、大変なんです。子供の前ではカッコをつけなきゃいけないんです」

「そうですか」

弥生さんはしばらく考えてから、にっこりとした。

「ありがとう。お父さん」

「お安い御用です」と俺は言った。

俺は弥生さんを促してキッチンに戻り、カレーの入ったナベをコンロにかけた。ナベの蓋《ふた》を取り、今回も厳しそうですねえ、などと話を逸らそうとしている弥生さんに俺は聞いた。

「それで、何があったんです？」

弥生さんはナベの蓋を戻して、俺を見上げた。

「あ、やっぱり話さなきゃ駄目ですか？」

「弥生さんのことは信用しています」と俺は考えながら言った。「親は簡単に子供を信用するべきではありません。それでも、お父さんは弥生さんのことを信用しています。それはしょうがないんです。信用しちゃっているんですから。弥生さんがタクミくんを殴ったことにも、ちゃんとした理由があるんだと思います。だから、それを今更怒るつもりはありません。ただ、その理由によっては」

「よっては？」

「お父さんがタクミくんを殴りに行きます」

弥生さんはしばらく俺の目を見つめ、ため息をついた。

「ブジョクされました」

「侮辱ですか」と俺は言った。「何を？」

「内緒ですよ」と弥生さんは言った。

「内緒です」と俺は頷《うなず》いた。

「お母さんのことを侮辱されたんです。お前のお母さんはインバイだって」

淫売《いんばい》？

俺はコンロの火を止めた。そして、さっきの弥生さんのよりも深いため息をついた。

当たり前だが、真澄が春を売っているわけではない。都心から少し外れた場所にある小さなスナックに勤めているだけだ。それすら私鉄沿線の新興住宅街に暮らすパパやママにしてみれば、十分に胡散臭《うさんくさ》い職業なのかもしれない。タクミくんの両親が何を考えようと知ったことではないが、それを息子の耳に吹き込んでいて、その息子が吹き込まれたままを学校で吹聴《ふいちょう》しているとなれば、黙っているわけにもいかない。

「弥生さん」

弥生さんに向き直り、俺は静かに言った。

「はい」と弥生さんが神妙な顔で頷いた。

「しばらくの間、お母さんと二人で暮らしてください。お父さんはチョーエキに行ってきます」

「チョーエキ？」

「刑務所です。今から、タクミくん一家を半殺しにしてきます。何年かかるかわかりませんが、罪を償って帰ってきますから、お母さんと二人で待っててください」

「ちょっと、ちょっと、お父さん」

上に羽織るものを取りに行こうとした俺の右手を弥生さんが両手でつかんだ。

「タクミくんはもう殴りましたから。弥生が、思いっ切り、拳固《げんこ》でパンチしましたから」

俺にずるずると引きずられながら、弥生さんは言った。俺は足を止め、弥生さんを振り返った。

「思いっ切りですか？」

「思いっ切りです」

「ものすごく思いっ切りですか？」

「ものすごく思いっ切りです」

俺は少し考え、それでもやっぱり上着を取りに行こうと動き出した。弥生さんが俺の前に回り込んで後ずさりしながら言った。

「お父さん。駄目ですよ。ねえってば。お母さんと弥生を二人ぼっちにするんですか？」

「半殺しはやめます」

クローゼットから取り出したジャケットを着こんで、俺は言った。

「でも、文句は言いに行きます。向こうだってそうしたんです。こっちはちゃんと謝りました。今度は、向こうが謝る番です」

「やめてください。そんなことしたら、またお母さんが悪く言われます」

弥生さんに言われて、俺は玄関に向けていた足を止めた。学校でも、真澄は保護者の誰も手を挙げたがらないような雑用を気軽に引き受けてくる。真澄にしてみれば、どうせ昼間は暇だからというそれだけの理由なのだが、それが他の保護者たちの目には出しゃばった風に映るのだろう。私、ちょっと浮いているかもしれない、と困ったように笑っていた真澄の顔を俺は思い出した。人の悪意に極端に鈍感な真澄がそう感じるくらいだから、その場での真澄はきっとかなり浮いているのだろう。ここで俺が出張っていけば、さらに真澄の立場が悪くなるのは目に見えていた。

「それに、弥生、謝ってませんから」

「だって、頭を下げました」

「頭を下げて、ごめんなさいでしたって言っただけです。謝ってないです。お父さんはあのとき、謝ってましたか？」

俺は少し考え、首を振った。

「謝ってないです」

「ほら」と弥生さんは言った。

「それは、まあ」

「ね？」

俺と弥生さんは見つめ合った。俺は心底困った顔をしていたのだろう。弥生さんがぷっと吹き出し、俺も釣られて笑ってしまった。

「カレーを食べましょう。お腹、ペコペコです」

これも真澄が作っていった二人分のサラダ、に見えるものをカレーとともにテーブルに並べた。レタスが敷かれているのだから、それはたぶんサラダなのだろう。その上に煮た大根とナスとごぼうが載っているのは、冷蔵庫を覗《のぞ》いた真澄の目にたまたま留まったというだけのことで、たぶん手違いでも意地悪でもない。ごぼうの灰汁《あく》が抜かれていることなど、俺も弥生さんもはなから期待していなかったし、カレーがカレーらしくない匂いを発していることには、俺も弥生さんも気付かないふりをした。テーブルを挟んで座り、今まさに手を合わせようとしていたそのときだ。またインターフォンが鳴った。

俺と弥生さんは中途半端に手を掲げたまま、顔を見合わせた。

「殴ったのはタクミくんだけですか？」

弥生さんはしばらく考え、迷いながらも一つ頷いた。

「先週は、はい。たぶん、タクミくんだけです」

俺は椅子から立ち上がった。

「戻ってきたら、先々週の話をしましょう」

どんな表情を作るかで少し迷い、迷っているうちに馬鹿馬鹿しくなって、いつもの顔で玄関を開けた。あいにくと相手は新聞の勧誘でも宗教の押し売りでもなかった。そちらのほうが俺としては対処しやすい。黙って五秒も睨《にら》みつければ、相手はだいたい愛想笑いとともに後ずさってくれる。けれど、相手が子供となればそういうわけにもいかない。俺はなるべく柔らかく語りかけた。

「弥生のお友達かな？」

一見して、外傷は見当たらなかった。切り傷も擦り傷も痣《あざ》もなかった。

「うちの弥生に、何かされた？」

男の子は俺を見上げ、何かを言おうとした。何かは言葉にならず、男の子はまた口をぎゅっと結んだ。視線だけが真っ直ぐ俺に向けられていた。

「おじちゃんじゃ、言いにくいかな。別に怖くないいんだけど。うん。見た目よりは、全然怖くない」

男の子の反応はなかった。相変わらず、口をぎゅっと結んだまま、俺を真っ直ぐに見ていた。

「ああ、うん。そっか。言いにくいか。今、弥生を呼ぶから。ちょっと待ってて」

俺が背後を振り返ったときだ。男の子の声が聞こえた。

「……ませんか」

俺は視線を男の子に戻した。

「うん？」

その口は相変わらずぎゅっと結ばれていたが、目が少し潤んでいた。

「何だって？」

「きてませんか？」

それだけ言って、またぎゅっと口を結ぶ。

「きてないって、誰が？」

「だから」

だから？

またぎゅっと口を結んだ男の子に俺は目線だけで問いかけた。

「僕のお父さん」

それだけ言って、また口を結んだ男の子の両目から、つっと涙が流れた。

「君のお父さん？」

右腕で乱暴に涙をぬぐい俺に頷いた男の子の頬は、またすぐに涙で濡《ぬ》れた。結局、俺のやるべきことは、さっきと変わらなかった。

「ああ、ちょっと」と俺は家の奥に向かって声をかけた。「弥生さん、ちょっといいですか？」

テーブルに出していた昼食をとりあえず片付けて、男の子を椅子に座らせた。紅茶を淹《い》れようと思ったが、紅茶の葉が見当たらなかった。俺がそう言うと、つまらなそうな一瞥《いちべつ》を男の子にくれてから、私がやりますと弥生さんがキッチンに立ち、俺はテーブルを挟んで男の子と気まずく向き合うことになった。年のころはやはり弥生さんと変わらないだろう。色の白い子だった。すっきりとした顔立ちをしていた。たぶん、年頃になればちやほやする女の子も大勢出てくるだろうし、そうなればまた違う雰囲気をまとうのかもしれない。けれど、今の男の子は、山奥に捨てられて都会に迷い出てきた子犬みたいだった。自分以外のすべてのものに脅えながら、行くべき場所を探しあぐねているようだった。

弥生さんが三人分のティーカップを持って、テーブルに戻った。

「まずは名前から聞いていいかな？」

俺は優しく言った。

「コイズミ、マキオ」

男の子が俯《うつむ》いたまま答えた。

「マキオくんか。それで、マキオくんはお父さんを捜して、ここにきた。そうだったよね？」

マキオくんは頷《うなず》いた。けれど、コイズミというその名前に俺はまったく心当たりがなかった。目線で弥生さんに問いかけると、弥生さんも首を振った。

「ええと、おじさんたちは、マキオくんのお父さんのことは知らないな。たぶん、会ったこともないと思う」

「でも」

そう言ってマキオくんは俯いた。言葉が続く様子はなかった。唇がふるふると震えているのは、たぶん、俺が怖いからではなく、泣き出しそうになるのを必死に堪《こら》えているからだろう。子供とはいえ、二つ三つではない。十歳くらいにもなった男の子が、涙を必死に堪えながらその行方を探しているというのならば、お父さんの留守はまさか数時間ということではないのだろう。数日前か、数週間前か、あるいはもっとか。マキオくんのお父さんは家から消えた。マキオくんにも、たぶんその母親にも、行き先を告げずに。

「お父さんがそう言ったのかな？　ここにくるって？」

マキオくんは首を振った。

「それじゃ、どうしてマキオくんは、お父さんがここにいると思ったんだろう？」

「だって」

マキオくんはそう言ってまた唇を結んだ。俺は困り果ててマキオくんを眺め、それから弥生さんに目を向けた。

「だって、何です？　話してくれませんか？」

弥生さんが優しく聞いた。弥生さんが男の子に丁寧な口をきくのは、だいたい、よくない兆候だ。弥生さんは基本的に動物と女の子には優しいが、ゴキブリと男の子には容赦がない。

何かアイイレナイモノを感じるんです。

理由を聞いた俺に、弥生さんはしばらく考えてからそう答えた。そしてその相容《あいい》れないものに対して、弥生さんは最初に無視を決め込み、我慢ができなくなるとそちらに目を向けてしばらく対象を観察し、最後に優しくお願いする。

今すぐ、目の前から消えてくれませんか？

にっこりと微笑みながらお願いしたその二秒後に、罪なき昆虫に向かってためらいなくスリッパを叩《たた》きつける弥生さんを、俺は今年の夏に何度か見ている。

「あ、うん。弥生さん。スリッパ、そのままで」

俺は足に手を伸ばした弥生さんを制して、なるべく優しく男の子に聞いた。

「聞き方が悪かったかな。じゃ、まず、マキオくんは、ここのうちをどうして知ったんだろう？」

「手紙」

「手紙？」

「お父さんが、書いてて」

「うん。お父さんが君に手紙を書いて、その手紙にここの住所が書いてあったんだね？」

マキオくんはぶんぶんと首を振った。

「あ、違う。じゃあ、手紙って何だろう？」

「ここに」

「うん？」

「出してて」

俺と弥生さんはしばらく顔を見合わせ、やがて弥生さんが言った。

「お父さんが手紙を書いて、ここに出した。そういうことですか？」

マキオくんは頷いた。

「知ってますか？」

弥生さんが聞き、俺は首を振った。最近、ポストに入っていたものなんて、新聞とダイレクトメールくらいだ。だいたいこれだけ電子メールが普及している昨今、私信を受け取る機会などそうあるものではない。

「話を整理しようか」と俺は言った。「マキオくんは、お父さんがここに宛てて書いた手紙を見た。お父さんがいなくなった。それでここにいるかもしれないと思った。そこまではいい？」

マキオくんはちょっと考えてから頷いた。

「その手紙はどんな内容だったの？」

「見て……です」

「うん？」

「見て、ない、です」

見てない？

さすがに俺も苛々《いらいら》し始めた。

「手紙は見てないけど、ここにいると思った？　つまり君は、ただお父さんが一度手紙を出したことがあるというそれだけの理由で、いなくなったお父さんがここにきたと思ったわけ？　それって、何か話がおかしくないかな？」

ちょんちょんと肩をつつかれてそちらを見ると、弥生さんが自分のスリッパを差し出していた。弥生さんの視線に釣られて目を戻すと、マキオくんは苛立ちの乗った俺の声に体を強張《こわば》らせていた。

「ああ、いや、いいです」と俺は弥生さんに言い、マキオくんに向き直った。「あ、ごめんね。怒ってるわけじゃないから。おじさん、顔が生まれつき怖いだけだから」

「その手紙はいつごろ出したものですか？」

スリッパを履き直して弥生さんが聞いた。

「いつごろって、この前も」

マキオくんはもごもごと言った。

「その前も」

弥生さんが再びスリッパを手にする前に、俺は聞いた。

「ああ、つまり、お父さんはこの家に宛てて何度も手紙を出していた。そういうこと？」

マキオくんは頷いた。

「何かの間違いじゃないかな？」と俺は聞いた。「そんなに何度も手紙を出しているのなら、おじさんたちが知らないはずはないよ」

　マキオくんはじっと俺を見つめた。それに間違いはないと訴えているような目だった。じわっとその目に涙が浮かび、それを堪えるためにマキオくんはまた俯いた。

「ええと、その内容はまったくわからない？　お父さんがどんなことを書いていたのか、想像もできない？」

　マキオくんは首を振った。

「ああ、そう」

「いつも」

　マキオくんは震える唇を堪えながら、そう言った。

「うん？」

「隠れて」

「隠れて？」

「隠れるみたいにして」

「ああ、隠れるみたいにして、手紙を書いてたんだ」

　俺が言うと、マキオくんは頷いた。

　父親が隠れるようにして手紙を書いていた。その内容まではわからないが、封筒だけはどうにかして盗み見たのだろう。マキオくんはその手紙の宛先を知った。そしていつからかは知らないが、父親がいなくなった。捜すべきところは一通り探したのだろう。

それでも父親は見つからなかった。マキオくんは一縷《いちる》の望みを託してその手紙の宛先を訪ねた。つまり、この家を。そういうことか。

筋を整理してみれば、マキオくんの行動も頷《うなず》けないことはない。けれど困ったことに、俺には本当にコイズミという名前に心当たりがなかったし、本当に手紙など受け取っていなかった。困り果てて弥生さんを見たのだが、弥生さんは何事かをぐっと考えているようだった。

ちらりとそちらに片付けたカレーを見てから、弥生さんが聞いた。

「お父さんがいなくなったのは、いつです？」

「月曜日」

「月曜日から、ほぼ一週間、お父さんが帰ってこない。そういうことですね？　行き先もわからない」

マキオくんは頷いた。それを確認すると、弥生さんが俺の肩を叩いた。

「お父さん、ちょっと」

和室に入り、リビングとを仕切るふすまをぴたりと閉めると、弥生さんは俺を見上げた。

「お父さん。聞きたいことがあります」

「はい。何でしょう？」

「お父さんは、お母さんを愛してますか？」

「はあ？」

あまりに唐突な質問に、俺は思わず聞き返した。

「何ですって？」

「だから、お父さんは、お母さんを愛してますか？」

「はあ、それは、まあ」と照れながら俺は頷いた。「だから、結婚したわけですし」

「結婚は勢いです。そういうものだって、お母さんも言ってました。お父さんは、今でもお母さんを愛していますか？」

「ええ。はい」

「お母さんも？」

「は？」

「お母さんもお父さんを愛していますか？」

「ああ、それはどうでしょう」と俺は言った。「たぶん、大丈夫だと思いますけど。ええと、弥生さん、何です？」

「あの子のお父さんは、この家に宛てて何度も手紙を出していました。隠れるようにして書いた手紙を。けれど、それを私もお父さんも知りません。ということは、その手紙はお母さんが受け取っていた。受け取って、どこかに隠していた。そう考えるのが自然です」

俺は会社があるし、弥生さんは学校がある。昼間にくる郵便を真っ先に受け取れるのは真澄だろう。

「なるほど。はい」

「なぜ隠したんでしょう？」

「見られたくなかったから、ですか？」

弥生さんは頷き、俺を見上げた。

「それとカレーです」

「カレー、ですか？　カレーが、何です？」

「何でお母さんは、今日、カレーを作っていったんでしょう？」

「何でって、いつも気まぐれじゃないですか。この前も、夏でしたか、突然、シチュー、
いや、シチューみたいなものを煮込み始めて」

「お母さんが料理を作るのは、年に二回か三回です」

「ええ」

「それが何で今日だったんでしょう？」

「はい？」

「お父さん」

「はい」

「お母さんは、今日、本当に高校の同窓会に出かけたんでしょうか？」

「はい？」

「あの子のお父さんがいなくなったのは月曜日。お母さんが、今日、同窓会に出かけると言い出したのも月曜日。違いましたか？」

　俺は記憶を探った。月曜日だったかどうかまでは覚えていなかったが、その辺りであったのは確かだ。

「そうでしたかね」

「たぶん、そうでした」と弥生さんは頷いた。「でも、高校の同窓会って、そんなに急に決まるものでしょうか？」

　弥生さんに問いかけられ、俺も考え込んだ。確かに高校の同窓会となれば、普通は二、三ヶ月前から準備するものだろう。みんな家庭もあれば仕事だってあるのだ。二、三週間後と言われても急な話だと感じるかもしれない。それが一週間後というのは、確かに少し不自然だ。

「お父さん」

　弥生さんが俺を見上げた。その真摯《しんし》な視線に俺は一瞬たじろいだ。

「お母さんは、今日、本当に帰ってくるでしょうか」

「は？」と俺は思わず聞き返した。「弥生さん、いったい何を考えてるんです？」

　弥生さんはしばらくためらったあと、すうと息を吸い込み、言った。

「カケオチです」

　駆け落ち。その言葉が意味を持つまでにしばらく時間がかかった。

ようやく弥生さんの言いたいことを理解して、俺は思わず吹き出した。

「まさか」

「それはないです」

「どうしてですか？　お母さんが確かにお父さんを愛しているっていう自信があるんですか？」

「ああ、いや、そんなものがなくても、だって、お父さんはともかく、弥生さんを置いて駆け落ち？　ないです。あり得ない。お父さんを置いて二人がいなくなれば、それはそういうことも考えますけど、あ、いや、それなら、まずお父さんが追い出されますね。いや、とにかく、それはないですよ。だって、ないでしょう？」

「わかりません」と弥生さんは言った。「あり得ないことではないです」

「本気ですか？　だって親子ですよ？」

「お父さんとお母さんだって夫婦です」

夫婦は勢いと紙切れ一枚で始まるが、親子は違う。そう言おうと思った。けれど弥生さんが言っているのは、たぶん、そういうことではなかった。

家族、と俺は思った。その脆《もろ》さを弥生さんは知っていた。お父さんがいなくなることがあるのなら、お母さんがいなくなることがあったっておかしくない。弥生さんはたぶん、そう思っている。いや、そう疑う以前に、それを恐れている。恐れているから、疑っている。

「ああ、いいですか、弥生さん」

俺はしゃがみ込んで、目線を弥生さんの高さに合わせた。

「お母さんにとって、弥生さんはすべてです。お父さんに何度もそう言ってます。そうする必要があるのなら、お母さんはお父さんを殺して、自分の命を絶ってでも、弥生さんを守ります。お母さんにとって、弥生さんは世界の何にも代えられない大事な大事な宝物なんです。それだけは絶対に確かです」

俺をしばらく見つめていた弥生さんは、ついと俺に背を向けるとリビングに戻った。俺はあとを追った。

「マキオくん」と弥生さんは言った。「住所を知ったのは、封筒を見たからですね？」

張り詰めた弥生さんの表情に脅えながらもマキオくんは頷いた。

「その住所がここだった」

マキオくんはまた頷いた。

「宛名は誰でした？　刈谷《かりや》真澄ですか？」

マキオくんはまた頷いた。

弥生さんは、ほら、というように俺をちらりと見ると、リビングの隅にある電話を取った。番号を押し、しばらく待ってから、受話器を置いた。

「電源が切られています」

「それはそういうことだってあるでしょう。弥生さん、考え過ぎですよ」

「同窓会に出てるのに、どうして携帯の電源を切る必要があるんです？　お父さん、答えてください」

「そんなもの、いくらだって考えられるでしょう」

「いくらだってって、たとえば、どんな」

「どんなって、どんなでも」

「だから、どんなどんなですか」

うろたえる弥生さんに、俺のほうがうろたえ始めていた。真澄が駆け落ちしたなどとはやはり思えない。けれど、真澄と弥生さんとの間にある確かな絆《きずな》。俺はそれに寄り添えばいい。それが俺の考えていた家族だった。その絆の危うさをこともあろうに弥生さん本人から指摘され、俺は戸惑っていた。

お母さんもお父さんを愛していますか？

そんなもの、わかるわけがなかった。だったら、真澄にとって本当に弥生さんはかけがえのない宝物なのか。それもわかるわけがないのだ。わかるわけがないものを、そういうものだと思い込みながら暮らしている。それが家族なのだ。

「マキオくん」

元の椅子に座り直して、弥生さんはマキオくんを見つめた。

「お父さんは、背が高いですか？」

しばらく考え、マキオくんは頷《うなず》いた。

「痩《や》せてますか？」

今度は考えずにマキオくんは頷いた。

「眼鏡をしてて、目つきはちょっと冷たい感じで、学者さんか学校の先生みたいに見える。指が細くて、綺麗《きれい》な字を書く。楽器を弾ける。運動は嫌い。いくつ合ってます？」

「あの、その」

マキオくんは口ごもり、指を折るような仕草をしてから、また少し考え、言った。

「それ、お父さんです」

弥生さんが絶望的なため息をついた。

「何です？」と俺は弥生さんに聞いた。

「お父さん。非常事態ですから、はっきり言います」と弥生さんは俺を振り返った。

「今のがお母さんの好みの男の人です」

「はあ」

俺は思わず気の抜けた返事をした。背が高いのは合っているが、他は全部俺と違う。

というか、正反対だ。

「あの、それ、でも」

自分を指差した俺を見て、弥生さんは頷き返した。

「お父さんとは正反対です。でも、お母さんがもともと好きなのは、そういう男の人です。前の人がそうでした」

前の人。真澄の前の旦那《だんな》で、つまるところは弥生さんの実の父親。その男については、俺はほとんど何の知識も持っていない。写真一枚、見たことがない。学生時代に知り合い、二十四で結婚した。弥生さんができたからだ。男は出版社に勤めながら、その一方で詩を書いていたという。いつか詩人として世に出ると嘯《うそぶ》いていた。そういう男だったと聞く。男は結婚から三年で勤めを辞め、時を同じくして真澄は夜の勤めを始めた。その三年後に二人は別れた。というよりも、離婚届一枚残して、男が姿を消した。聞き知っているのはそんな単純な事実だけだ。けれど、その顚末《てんまつ》についての想像は難しくない。男は世間に揉《も》まれて生きられるタイプではなかった。詩人になる。それを理由に、男は勤めを辞めた。真澄は家庭を支えるために、夜の勤めを始めた。そして男に詩人の才能はなく、真澄には人を惹《ひ》く才能があった。いつまでも世に認められることのない男は、やがて女が疎ましくなった。女の支えている家庭が疎ましくなった。その一員であることに耐えられなくなった。

陳腐な想像だ。けれど、大きく外れてはいないだろう。そんな男に、俺は何の興味もなかった。

「だけど、いや、だって、弥生さん」

「どこで知り合ったのかはわかりません。お店のお客さんだったのかもしれません。とにかく、お母さんは、そのコイズミさんとどこかで知り合った」

「だからって」

言いかけて、俺は口ごもった。どこかで真澄はその男と知り合った。その面影が、さほど遠くない昔、子供を作り、家庭を持とうと思えるほど愛していた男と重なった。そして男のほうも真澄に惹かれた。もし、仮にそんなことがあったとしたら、真澄はどうする？

「あり得ないですよ」

一瞬、その妄想に取り込まれそうになり、俺は慌てて首を振った。

「もしそんなことがあったとしても、それでも弥生さんは連れて行きます」

「今朝です」と弥生さんは言った。「お母さんに聞かれました。お父さんが好きかって。私は、大好きって答えました。そのときは何にも思いませんでした。お母さん、そういうことを突然、聞いたりする人です。でも、何で今日だったんでしょう？」

大好きだから、そう答えたから、置いて行った？　実の娘を？　義理の父親のもとに？　最後の料理を作って？

「あり得ないです」と俺は繰り返した。

「そうでしょうか」

弥生さんが食い下がった。

「駆け落ちした二人がどこへ行くつもりなのかは知りません。でも、駆け落ちなら、お母さんだって、そのコイズミさんだって仕事は辞めるでしょう。だから、お父さんと一緒にいたほうがいい。私はきちんと仕事を持っているお父さんと一緒に暮らしたほうがいい。そう考えたんじゃないですか？」

　そして男が先に家を出た。何かそうせざるを得ない事情でもあったのか。その一週間後、男のあとを追って真澄は家を出た。

　妄想だ。わかっていた。それでも首を振るだけでは、その妄想は頭から消えてくれなかった。

「あの」

　声を上げたマキオくんに俺と弥生さんはそちらを見た。

「お父さん、仕事、ない、です」

「仕事がない？」

　俺は思わず呻《うめ》いた。

「仕事、辞めちゃって。この前のも辞めたばっかりで」

　何とかそう言ったあと、マキオくんはそれが自分の非であるかのように頭を下げた。

「ごめんなさい」

　真澄はその男に惹かれた。その男も、かつて自分が愛した男のように生活能力のない男だった。そういう男の面倒を思わず見たがるような傾向が真澄にはあった。それは俺も認める。そしてもし真澄が、男には自分しかいないと思い定めてしまったとしたら。返した視線の先にいる娘には、俺という庇護《ひご》者がついている。そのとき、真澄はどうする？

「あり得ない」

繰り返した言葉に力はなかった。真澄が弥生さんを捨てることはあり得ない。けれど、落ち着いたら弥生さんにはまた会いにくればいい。そう考えて、男と二人、どこかへ行かないとは、俺にはもう言い切れなかった。

「あり得なくはないです」

応じた弥生さんの声にも力はなかった。その通りだった。家族という脆《もろ》い器の中で、あり得ないことなど何もないのだ。

真澄がその男と駆け落ちした。そんなことをやっぱり信じてはいない。イエス、ノーでどちらかに張れと言われたら、俺は迷わずノーに賭《か》ける。けれど、イエスのほうに一パーセントの可能性すらないかと聞かれれば、俺は首を縦には振れなかった。

「そんな顔をしないでください」

投げつけるように言われて、俺は顔を上げた。弥生さんがきっと俺を睨《にら》んでいた。

「お父さんはどうしたいんですか？」

「どうしたいって」

「私はお母さんを渡すつもりはありません。お父さんはどうです？　そのコイズミさんにお母さんを渡していいんですか？」

弥生さんにとって、それはもう疑いを越えた事実になっているようだった。

「あ、いえ。そんなつもりはないです」

「じゃあ、捜しましょう。捜して、連れ戻すんです」

「捜す？　あ、いや、捜すって、でも、どこを？」

弥生さんはしばらく考え、言った。

「『ボトムライン』」

真澄が勤めるスナックの名前だった。

「二人が知り合ったとしたら、お店の可能性が高いです。だから、お店の人なら何か知ってるかもしれません」

うん、と一つ頷《うなず》くと、弥生さんは椅子から立ち上がった。

「行きますよ」


その店を訪ねるのは一年半ぶりだった。二年ほど前、ふらりと立ち寄ったこの店で、俺は真澄と知り合った。知り合い、やがて二人で会うようになると、俺は店に行くのをやめた。気恥ずかしかったからだ。俺が働いているのだから、勤めは辞めればいい。結婚するとき、俺はそう言ったが、真澄は勤めを続けた。お店が気に入っているから。それが理由だった。前の旦那と別れてから、真澄は何軒かの店を転々とし、一番長く勤めたのが『ボトムライン』だと聞いていた。弥生さんのためには、夜、母親が家にいないというのはどうだろうと思ったが、考えてみれば二人はそんな生活にとっくに馴染《なじ》んでいるのだ。夜、俺がいるようになるだけましだろう。俺はそう考え、真澄に無理強いはしなかった。続けたいなら、それで構わない。俺は簡単にそう思っていたが、真澄にはひょっとしたら保険の意味があったのかもしれない。俺と別れることがあっても暮らしていけるように。真澄にとって結婚生活とは、それくらい不確かなものだったのかもしれない。

日曜日の昼間だ。店はもちろん閉まっていた。けれど、店が入るビルの上の階にママが住んでいることは、俺も弥生さんも知っていた。成り行きのまま連れてきたマキオくんとともに、俺たちはママの部屋へと向かった。

「弥生ちゃん」

チャイムに応じて出てきたママは、弥生さんを見て顔をほころばせた。安っぽいスウェットを着ていた。店に通っていたころには一回りほど上だろうと見当をつけていたが、実際の年齢はさすがに聞いたことはない。こうして日の光の下で見てみれば、ママはもう少し年上に見えた。

「あらあ、こんなに大きくなって。何年ぶり？」

「二年ぶりくらいです」

「ああ、もうそんなになるかねえ。それで、そっちは色男じゃない。どうなの？　ちゃんとやってるの？」

「はあ、まあ」と俺は言った。「ぼちぼちです」

「マドカさん。聞きたいことがあります」

おばちゃんと呼ばれるとママの機嫌が悪くなることは、弥生さんも知っているようだ。素性を問うようにマキオくんを見ていたマドカさんの視線を無視して、弥生さんが言った。

「コイズミさんって、知ってますか？　お店のお客さんにいませんか？」

俺と弥生さんは息を詰めて返事を待った。マドカさんは少し記憶を探ってから、あっさりと頷いた。

「ああ。コイズミさんって、あれ？　あの、ひょろっとした、ちょっと暗い感じの、でも、ちょっといい男」

そのコイズミと真澄は確かにつながっていた。弥生さんがちらっと俺を見てから、マドカさんに向き直った。

「その人とお母さんは親しかったですか？」

「親しかったも何も、あれはお母さん目当てで通ってた人だよ。いっつも隅のほうで一人で黙りこくってちびちび飲んでさ、じとっとお母さんを見てたよ。あれ、何だい、って私が聞いたら、気にしなくていいからって、お母さん、言ってたね。結構、言い寄られてたんじゃないかな」

マキオくんが顔を伏せた。父親の言われように腹を立てたのではなく、それを恥じたようだった。そんなマキオくんの様子に気付く風もなくマドカさんはケラケラと笑い、俺の肩をばんばんと叩《たた》いた。

「気をつけなよ、色男。誰かに持ってかれても知らないよ」

一通り笑ったあと、黙りこくる俺たちを見て、マドカさんは眉根《まゆね》を寄せた。

「ああ、何？　え？　冗談よ、冗談。だって、お母さん、コイズミさんを避けてたし。もうここにはこないでって、怒鳴るように言ってね。それっきり、こなくなったんじゃなかったかな」

「それは、いつごろの話です？」と弥生さんが聞いた。

「いつごろって、どうだったかねえ。半年くらい前だったかしらね」

「男がそれっきりだったっていうのは、確かですか？」と俺は聞いた。

「そうだったと思うよ」

「そうですか」

真澄は、やはりコイズミという男とここで知り合っていた。コイズミは真澄に思いを寄せて、店に通いつめていた。そこまではどうやら確かな事実のようだった。あとはもし何かのきっかけで、真澄がその男に惹《ひ》かれるようなことがあったとしたら、弥生さんの想像は、もう笑い話ではなくなる。

「あとは何か知りませんかね。そのコイズミさんについて」と俺は言った。「家とか仕事とかじゃなく、ああ、たとえば、行きつけの店とか、立ち回りそうな場所とか」

「そんなことまでは知らないよ」とマドカさんは言った。「ああ、でも、場所って言えば、その最後のとき、コイズミさん、変なこと言ってたね」

「変なこと？」

「それじゃ、もうここにはこない。だけど、日曜日には必ず待っているからって」

「待っている？　どこで？」

「それが笑っちゃうんだけど」とマドカさんは言った。「遊園地だって」

「遊園地？」

「ファミリーアイランドとかいう、あれは遊園地じゃないの？　何かそんな風に言ってたけど。いい年こいた男が女を誘うのに遊園地かいなって、私は笑っちゃったけどね。ちょっといい男だけど、ありゃモテないわ」

「遊園地っていうより、公園です」と俺を見上げて弥生さんが言った。「有料で、中に色んな遊び場があるんです」

「よく知ってますね」

「この辺の小学生ならみんな知ってますよ。私も前に行ったことがあります」と弥生さんは言った。「行きましょう」

結局、一言も口を開くことのなかったマキオくんを連れて、俺たちは駅に戻った。

「お父さん、日曜日は家にいた？」

駅で電車を待ちながら俺はマキオくんに聞いた。マキオくんは首を振った。

「いつもいなかったです」

「そう」

「競馬だろうって、お母さんは」

「そっか」

「ごめんなさい」

「君が謝ることはないよ」

やってきた電車に乗り込むと、俺たちは並んで座席に座り、黙りこくった。

もうここにはこないで。

電車の単調な揺れに身を預けながら、俺は真澄が言ったという言葉について考えていた。真澄はコイズミが店にくることを嫌がっていた。それは確かだ。けれど、それがすなわちコイズミを嫌っていたということにはならない。マドカさんは俺も見知っていれば、弥生さんも見知っている。そのマドカさんに付き合いを知られることを嫌がった。そう考えられもする。いや、もし真澄が本当にそのコイズミを避けていたのだとしたら、真澄にはもっと簡単に、しかも確実にその男を追い払う方法があった。俺に頼めばいいのだ。今日、仕事が終わったら店に寄ってくれと。店でそのコイズミに俺を旦那《だんな》だと紹介し、俺は黙りこくったまま三秒もその男を睨《にら》みつければ、それで十分だ。けれど、真澄はそうしなかった。そう考えれば、その言葉は別な意味を持つ。ここにはこないで。ここではない、他の場所で会いましょう。

そして男は、毎週日曜日に、待ち合わせる場所を指定した。

家庭を持つ君が、いつもこられるとは限らない。こられないことのほうが多いだろう。

けれど、僕はいつでも君をそこで待っている。

真澄がコイズミを怒鳴りつけたという半年前、そのときにはすでに二人の関係はできあがっていたのではないか。

この半年、真澄がどれだけ日曜日に家を空けただろうと考え、うまく思い出せなかった。一緒に過ごしたことのほうが多いだろうが、毎週というわけでもない。真澄が一人で出かけたこともあったし、俺と弥生さんが二人だけで出かけるときもあった。俺と弥生さんが別々の用事で揃って家を空けたことだってあった。そう考えれば、月に一度か二度、日曜日に真澄は一人になれたはずだ。

そして先週の日曜日。真澄は店に出るための服を一人で買いに出かけた。もしそのとき、コイズミと会っていたら。今日の約束をしていたら。コイズミははやる気持ちにせかされるまま、その翌日には今の家庭を捨てた。真澄は約束通り、今日、家を出た。

嫉妬《しっと》も怒りもなかった。それを感じられるほど、まだ真澄が駆け落ちしたなどという話を事実として受け止められはしていなかった。ただ変にふわふわとした頼りない感覚だけがあった。今まで現実だと思って見ていた世界が、実は鏡の中の世界だったと気付いたような、今まで踏みしめていた大地が、急に重力を失ったような、そんな気分だった。

乗り換えた電車はファミリーアイランドのすぐ前まで俺たちを運んでくれた。弥生さんの言うように、近郊では有名なレジャー施設のようだ。改札から俺たちと年頃の変わらない家族連れが、道路を挟んで向こう側にある入園口へと流れていった。みんなが笑っているわけではない。泣いている子供もいたし、怒っているお母さんもいた。気のなさそうに子供の手を引いているお父さんもいた。けれど、どの表情の裏にも幸福な家族の情景が潜んでいるように思えた。その家族たちの姿が、俺には作り物のはかないガラス細工のように見えた。

横断歩道を渡り、入園口をぐるりと見回してみたが、真澄の姿はなかった。すべてが俺たちの思い違いだった。そうも思えた。真澄はとっくに男と手を取り合ってどこかへ行ってしまった。そうも思えた。どちらが本当なのか、俺にはもうわからなかった。

「いませんね」

入園口の脇に立ち、弥生さんが言った。

「君のお父さんは？」

俺が聞くと、マキオくんは辺りを見回して首を振った。

「そう。いないか」

なおもしばらく立ち尽くしていたのは、そこからどこへ行けばいいかがわからなかったからだ。それでもここにいても仕方がない。ようやくそう踏ん切りをつけて、二人を促し、歩き出したときだ。二歩でマキオくんの足が止まった。視線が一点に向いていた。

「お父さん」

小さな呟《つぶや》きに、俺はマキオくんの視線を追った。それを買いに行っていたのか。缶コーヒーを両手に包み込むように持ちながら、ひょろりとした背の高い男がこちらに向かって歩いてきていた。男もマキオくんに気付いた。足が止まった。逃げ出そうとでもするかのように、男が足を一歩引いた。けれど男は逃げ出さなかった。こちらを眺めたまま、その場で固まった。

「お父さん」

弥生さんの呟きに、俺は隣の弥生さんを見た。弥生さんは俺を見ていなかった。弥生さんは呆然《ぼうぜん》とその男を見ていた。

「え？」

俺が聞き返したときには、マキオくんが男に向かって駆け出していた。マキオくんは男にぶつかるようにしてその腰に腕を回した。男はそんなマキオくんに目を向けることもなく、両手で缶コーヒーを包み込んで突っ立ったまま、俺たちを見ていた。いや、弥生さんを見ていた。

「あれが」

俺の呟きに、弥生さんがようやく我に返った。俺を見上げた視線は心細そうに揺れていた。

「弥生さんのお父さん？」

頷《うなず》きかけ、弥生さんは首を振った。

「あれが、前の人です」

四年前に別れた真澄の前の旦那。まだ六つだった娘を置いて、別れの言葉もなく家を出て行った弥生さんの父親。

わけはわからなかったが、このまま距離を置いて見つめ合っているわけにもいかなかった。俺が動き、少し遅れて弥生さんがついてきた。俺たちが目の前にやってきても、男が動くことはなかった。

痩《や》せてはいるが、背は俺と同じくらいの高さがあった。黒縁の眼鏡の向こうの細い目は、学者や学校の先生というより、どこか理屈っぽい子供を思わせた。缶コーヒーを包む細い指先は、確かに几帳面《きちょうめん》な字を書きそうだった。同じ指先で男はいったい何の楽器を奏でるのだろう。

「マキオくんのお父さんですね」と俺は言った。

もしそんなことがあったとしたら、自分の中にどんな感情が湧くだろう。そう想像してみたことはあった。もしその男が自分の目の前に現れたら、自分は何を思うだろうと。けれど、うまく想像できなかった。現実にこうして男を目の前にしてみても、自分の胸にある感情にどんな名前をつけていいのかわからなかった。かつて真澄が愛し、弥生さんの命をこの世にもたらした男。嫉妬ではなかった。怒りでもなかった。もちろん、共感や感謝ではありえなかった。どれとも違う、名前のつけようのない、それはただ、強い感情だった。

「真澄はどこです？」

男の返答はなかった。男はただ俺を眺め、それから弥生さんに視線を移し、そうして初めて気付いたようにむしゃぶりつくように自分の腰に腕を回しているマキオくんの頭に手のひらを載せた。

「真澄は、どこにいます？」

俺はゆっくりと繰り返した。男の視線が俺に戻った。

「どこに？」

思いのほか低い声だった。

「真澄が？　真澄がどこにって、どういうことだ？」

少しかすれたその声が癇《かん》に障った。

「待ち合わせたんだろう？　真澄と」

「待ち合わせた？」

俺に問いかけ、同じ問いを向けるように男は弥生さんを見た。

「お母さんと待ち合わせてた。違うの？」

弥生さんが聞いた。

「違うよ。お母さんと待ち合わせてなんていない。お父さんは、ただ弥生を連れてきてくれって」

弥生さんがぐっと言葉に詰まった。

しばらく考えてから男の言う意味に思い当たり、俺は思わず、ああと呟いた。

真澄と別れてどれくらいあとだったか。男は真澄の今の勤め先を知った。そして、娘に会わせてくれと頼んだ。あるいは娘に会いたくなり、真澄の勤め先を必死に捜したのか。いずれにせよ、真澄は拒絶した。日曜日にはここで待っている。君が連れてこなくても、必ず自分はここで待っている。男はそう伝えた。けれど、真澄が弥生さんを連れてくることはなかった。住所はどうやって調べたのだろう。店から帰る真澄を尾行でもしたか、あるいはマドカさんが口を滑らせたのか。そして男は手紙を書いた。真澄はその手紙を黙殺した。俺にも弥生さんにも見せることなく廃棄した。それでも男は手紙を書き続けた。

笑い出しそうになった。今頃、真澄は高校の同窓生と真昼間から酒を飲んで、思い出話に花を咲かせているのだろう。

自分たちの誤解には笑い出しそうになったが、今、この場は笑い事ではなかった。

「マキオ」

男が言った。マキオくんが男を見上げた。

「ちょっと向こうへ行ってろ」

マキオくんがぶるぶると首を振った。

「お母さん、泣いてる」

自分も泣き出しそうになりながらマキオくんが言った。

「いいから行ってろ。ほら、これ」

男はコートのポケットを探り、しわくちゃの千円札を取り出した。

「やるから。中で遊んでろ」

手に押し付けられた千円札をマキオくんは必死に押し返した。

「マキオ」

男が怒鳴った。それでもマキオくんはぶるぶると首を振り続けながら、そのお金を受け取ろうとはしなかった。

「マキオくん」

弥生さんが静かに口を開いた。

「ちょっと向こうに行っててください。大丈夫です。マキオくんのお父さんはどこにも行かせません。話が終わったら、マキオくんと家に帰ります。だから、ちょっとだけ、マキオくんのお父さんを私たちに貸してください」

マキオくんが弥生さんを見た。弥生さんが頷き返した。二人の間で、何かが通じ合った。マキオくんはもう一度男を見上げ、それから、確かに約束したぞ、というように弥生さんを見ると、後ずさりしながら俺たちから離れた。

「座りましょう」

入園口の脇にあったベンチに向かって弥生さんが歩き出した。先に男をベンチに座らせてから、きっちり俺の座るスペースを空けて自分も腰を下ろした。俺は二人の間に座った。マキオくんはその場から動かなかった。十メートルほどの距離を置いて、決して見逃すまいというように俺たちのほうを凝視していた。俺たちとマキオくんとの間を何組もの家族が行き来していた。機嫌よく、あるいは不機嫌そうに。愉快そうに、あるいは不愉快そうに。

「いつからコイズミ？」

しばらくの沈黙の後、問いかけたのは弥生さんだった。視線はマキオくんのほうへ向いたままだった。

「一年くらい前」

缶コーヒーを脇に置くと、男がほっとしたように口を開いた。

「あれの母親と結婚することにした。子供もいるし、二人の姓を変えるより、お父さんが変わったほうがいいだろうと思って、お父さんがコイズミになった」

「マキオくんの本当のお父さんは？」

「ずっと前に事故で死んだそうだ」

「そう」

男だけがマキオくんから視線を外した。

「元気そうだな。お父さん、ずっと弥生に会いたかったんだ。でもお母さんに駄目だって言われてて。それでもずっとお願いしていた。昔、ほら、三人でここにきたことがあっただろう？　あのときの弥生、とっても楽しそうだった。だから、またあんな風に会えたらいいなと思って」

「楽しくなかった」

「え？」

「本当は全然楽しくなかった。でも、楽しそうにしてなきゃ駄目なんだって思った。だから、楽しそうにしてた。それだけ」

「ああ、そう。そうだったのか。それは悪かったな。あのころは、そうだな。もうお父さんもお母さんも、何だかちぐはぐだったしな」

　弥生さんはまたしばらく黙って、マキオくんを眺めていた。いや、眺めているのはその間を通り過ぎる家族たちだろうか。男はそんな弥生さんを困ったように見つめていた。

「仕事、してないんだって？」

　相変わらず、視線だけは決してそちらに向けないまま、弥生さんが男に言った。

「仕事は、ああ、まあな。色んな職場を試してみたんだけど、どうしてもうまくいかなくて。お父さん、ほら、そういうの苦手だから」

「一週間も、どこにいたの？」

「え？　ああ、マキオに聞いたのか。仕事を探してるんだけど、いいのが見つからなくてな。家に帰りづらくなって。あちこちをふらふらと。あれの母親、最近、やけにうるさくて。自分のほうがパートを切られそうになっててさ。その八つ当たりで、さっさと仕事を見つけろって、まったく、息が詰まるよ」

「そんなの八つ当たりじゃない。当たり前の話でしょ」

「ああ、まあ、うん。そうかもしれないな」

「また逃げるの？」

「逃げる？　ああ、弥生にそういう風に言われちゃうとな。お父さん、何も言い返せなくなっちゃうけど、でも、お母さんと別れたのも、別に逃げたわけじゃないんだ。お父さんにはお父さんの道があって、お母さんにはお母さんの道があった。それで、別々に進んだほうがお互いのためにいいだろうって」

「そういうことを逃げるって言うの」

「うん。そうなのかもしれない。でも、お父さん、いつか弥生に誇ってもらえるような人になろうって、いつもそう思ってるよ。あのころもそうだったし、今だって……」

「そんなことは思わなくていい。仕事だって、見つからないならそれでもいい。今やるべきことは一つだけ」

「何？」

「家に帰る。それだけ。あの子はお父さんを亡くしてるの。だから怖いの。またお父さんがいなくなることが怖いの。それが自分のせいじゃないかって思ってるの。それはとても辛《つら》いことなの。とても、とっても辛いことなの。だから、何があっても家には帰って。家がどんなに居づらくても、そこで今の奥さんに何を言われても、何をされても、絶対に家には帰って。マキオくんが嫌だって言うまでは、必ず一日に一度はぎゅっとしてあげて。今やるべきことは、それだけ」

弥生さんが立ち上がった。そこでようやく弥生さんは男を見た。

「これで、もういいね？」

「何？」

「私と会った。話もできた。だから、もうこれでいいでしょ？」

「これでいいって、そんなことはないよ。お父さんと弥生は親子じゃないか。たとえ、お母さんと別れたってそれは変わらないよ」

「私はもう会わない」

弥生さんはきっぱりと言った。

「いつかは会いたいと思うかもしれない。そうなったら、私から会いに行く。だから、今はもう私にもお母さんにも関わらないで」

男がすがるように弥生さんを見た。それから、そこにある強い意思に傷ついたように視線を落とした。

「弥生がそう望むのなら、わかったよ。お父さん、そうするよ」

「ありがとう」

弥生さんがにっこりと笑った。

「お父さん」

男が弥生さんに目を向けたが、弥生さんが見ていたのは俺だった。

「何です？」と俺は聞き返した。

「ちょっと立ってください。私の後ろに」

俺は立ち上がった。弥生さんが座ったままの男の前に立った。俺はその背後につく。自分がちょうどマキオくんの視界を遮る壁になることに気がついた。

「最後に一度だけ」

弥生さんが男に言った。男はベンチに座ったまま、同じ高さになった弥生さんの目を見つめ返した。二人の視線が絡んだ時間はどれくらいだったろう。弥生さんが微笑んだ。ふっと力の抜けた肩の動きで、背後にいる俺にもそれがわかった。弥生さんが一歩踏み込んだ。男が両手を広げた。

最後に一度だけぎゅっとされてもいい。男は実の父親なのだ。言葉にならない思いは、お互いの胸の中にいくらだってあるだろう。だから、俺にはそれを見届ける義務がある。

弥生さんの体が沈んだ。一度腰をかがめた弥生さんは、伸び上がり様、折り畳んだ右腕の肘《ひじ》で男の顎《あご》を撥《は》ね上げていた。

ぐっと呻《うめ》いてのけぞった男の体がベンチの背もたれに叩《たた》きつけられた。眼鏡が脇に吹き飛んだ。ぐほおと言いながら口に両手を当てた男を無視して、弥生さんはくるりと俺を振り返った。

「お父さん、こんな感じでいいですかね?」

「ええ、まあ、はい」と俺は反射的に頷《うなず》いた。「ああ、ええ。いいと思いますよ。溜《た》めもちゃんと作れてましたし、コンパクトに振り抜けていましたし」

「結構、使えますね。今度からこうすることにします」

そう言うと弥生さんは今の動きを復習するように腕を動かしながら、すたすたとマキオくんのほうへ歩いていってしまった。

「ああ、ええと、大丈夫か？」

俺はポケットを探り、ハンカチを男に差し出した。背後をちらりと振り返ると弥生さんはマキオくんを促して、どこへともなくぶらぶらと歩き出していた。事後処理は俺がしろということだろう。

俺の差し出したハンカチを断ると、男はようやく口から両手を離した。

「ああ、痛《いて》え」

口の中を切ったようだ。男は舌の先で口の中を探った。

「あんた、うちの娘にいったい何を教えてんだよ。前はあんな乱暴な子じゃなかったぞ」

「子供は日々成長するんだよ」と俺は言った。「だいたいは親の思惑と違う方向にな」

俺はハンカチをしまうと、男の隣に座り直した。

「うまくやれてるのか？」

脇に転がった眼鏡をかけ直して男が聞いた。

「うん？」

「真澄や弥生と」

「たぶん、あんたよりはな」と俺は言った。「初代がポンコツだと二代目は楽だよ。普通にしてても褒められるからな」

「そうだろうよ」と男は笑った。「俺は不良品だからな」

「それは違うだろ」と俺は言った。「不良品であることの罪は不良品にはない。あんたは不良品じゃないよ」

「不良品以下か」

まあ、そう言われても仕方ないな、と男はまた笑った。

だらしのない男だとは思う。情けない男だとも思う。けれど、男をあまり憎めずにいる俺が確かにいた。

「それがわかるくらいなら、どうして再婚なんかしたんだよ」と俺は男に聞いた。「ましてや、もう一度父親なんて」

「再婚したのは一人じゃ生きられないから。再婚相手に、あれの母親を選んだのは、オスとしての義務を履行しなくていいから」

「何だって?」

「彼女にはもう息子が一人いる。だったら、もう子供は作らなくてもいいだろう? 俺との間に子供ができれば、それはそれでややこしくもなる。できないほうが都合がいいくらいだ」

「どういう理由だよ」と俺は呆《あき》れて言った。

「俺は弥生の父親だよ」と男は言った。「弥生がどう思おうが、あんたがどう思おうが、それだけは変わらない。俺はずっと弥生の父親だ。だから、もう子供はいい。作る気はない」

おかしな理由であるような気もしたが、そのおかしさも含めて、男らしい言い分のようにも思えた。男と真澄と弥生さん。三人の家族の姿を何となく思い浮かべた。結果としてうまくいかなかったにしても、世間からは少しずれているように見えたにしても、それは一つの微笑ましい家族の姿になり得たように思えた。そしてそれがうまくいかなかったことの責任は、たぶん、男一人にあるわけではない。いや、そこにはきっと責任なんてものは、そもそもなかった。その家族は、だから、ただ、うまくいかなかっただけだ。

「あんただってそうだろう？」

「うん？」

「真澄と、子供を作る気、ないだろう？　あんたを見たときに、何となくわかったよ。俺みたいな不良品以下じゃないにしても、あんたも俺の同類だよ。父親にはなれない。だから父親もどきを目指したんだ。違うか？」

ずばりと言われて、俺は少したじろいだ。そう明確に意識していたわけではない。けれど、指摘されてみれば、心のどこかにそんな思いがあったことを否定はできなかった。

滅《め》茶《ちゃ》苦《く》茶《ちゃ》な親父だった。飲む、打つ、買うは当たり前。株と先物取引と合法違法を取り合わせたギャンブルとで俺の家は成り立っていた。勝ったときの親父は鷹揚《おうよう》な守護者だった。負けたときの親父は横暴な暴君だった。空手から入り、柔道、キックボクシング、と、いくつかの格闘技に打ち込んだのは、単純に暴君となった親父から自分と母親とを守るためだった。あんなのとは別れろ。俺は何度も母親に言ったが、母親が家を出ることはなかった。

あんな親父にだけは絶対になるまい。そう思い定めた意識のもう一枚後ろ側に、いつしか父親になることそのものへの怯《おび》えが潜んでいたと言われれば、俺自身、それを否定できなかった。

答えのない俺に男はふっと笑った。

「でも、まあ、男なんてものは、みんなそうかもしれないな。ヤドカリみたいなもんだよ。あっちでもない、こっちでもないって思いながら、自分に合う貝殻を延々と探しているのさ。中にはどこかの貝殻で妥協できるヤドカリもいる。でもそのヤドカリだって、違う貝殻を眺めては、実はあっちのほうがいいのかもしれないって悩み続けているんだよ」

ふと思ったのは母親のことだった。なぜ、あんな親父と別れなかったのか。俺はそのことについて考えてみた。わからなかった。そのときもわからなかったし、今でもわからなかった。わからないなら、聞いてみればいい。しばらくぶりに電話でもしてみようかと思いついた。

「男はみんなヤドカリ、か。詩的だな」と俺は言った。「やっぱ、あんた、詩人にはなれない。向いてない」

「昔はこれでもあったんだよ。才能ってやつがさ。少なくとも、自分がそこに賭《か》けてみたいと思えるくらいのちっちゃな光は、あったんだよ、これでも。まあ、今となっちゃ、綺麗《きれい》さっぱりなくなったけどな」

「そうわかってるなら、違うものを目指すさ。父親でも、父親もどきでも」

ふん、と男は鼻で笑った。

「帰れよ」と俺は言った。

「帰るさ」と男は言った。「どうせ他に行くところもない」

「それがわかってりゃ上等だ」

俺が腰を上げ、男も腰を上げた。遠くに、こちらに向かってぶらぶらと歩いてくる弥生さんとマキオくんの姿があった。弥生さんがマキオくんに何かを話しかけていた。何を話しているのだろう。何かマキオくんを元気付けるような言葉だろうか。きっと、そうなのだろう。

弥生さんは家族の脆《もろ》さを知っている。だからそれは戦って守らなければならないものだと知っている。俺は今日、弥生さんにそれを教わった。弥生さんにそれを教えたのが隣の男だというのなら、俺はこの男に感謝してもいいのかもしれない。

「最後に一つだけ」と俺は男に言った。

「何だよ。あんたまで俺を殴るのか？」

「殴らないよ。あんたは弥生さんの実の父親だ。それは認めてやる。けれど、弥生さんの家族は俺だ。あんたじゃない。そこを履き違えるな」

「わかったよ」と男は言った。「ああ、わかってる」

「ああ、それともう一つ。俺の前で二度と真澄を呼び捨てにするな。もう他人だろ。真澄さん、だ。真澄は俺の妻だ。今度、呼び捨てにしたら、素手で拳固《げんこ》で殴る」

「そりゃ痛そうだな。気をつけるよ」と男は笑った。「ま、また会うことがあったらって話だけどな」

「それもそうか」と俺は言った。

すでに話が終わり、自分たちを待っていると気付いたのだろう。二人の小さな子供の足取りが速くなった。ぐんぐんとこちらに近づいてきた。男の目の前にやってきたマキオくんはうかがうように男を見上げた。男が両手を広げた。マキオくんの顔に弾けたような笑みが浮かび、そしてマキオくんは存分に男の腰にしがみついた。

ふと心配になって弥生さんを見たが、弥生さんは二人の姿をとても幸せそうに微笑みながら眺めていた。

「帰りましょうか」

俺は弥生さんに言った。

「はい。お父さん」

弥生さんが応じた。

「だから、上映会やってたのよ。昔の文化祭の舞台のやつ。あんなの、ビデオに撮ってたなんて知らなかったから、懐かしかったわ。それで上映前に、携帯の電源はお切りくださいって。何か、用事でもあった？」

「いや、別に。ちょっと勘違いで電話しただけだ。そしたら電源が切られてるって言うからさ。どうしたのかと思って。何の舞台だ？」

「シェイクスピア」

「お母さん、そんなのやってたの？　あ、お父さん、ソース、もっと使いますか？」

「やってたって、そんな立派なもんじゃないけど」

「ああ、そうですね。もうちょっとかけましょう」

「クラス単位で出し物をしなくちゃいけなくて、それでシェイクスピア劇。ねえ、そんなにソースかけたら、味、わかんなくなるでしょう？」

「ああ、それでいいんだ。で、何の役？」

「オフィーリア。ねえ、それでいいっていうのは、どういうこと？」

「オフィーリアって、すごい役だったんだな。ハムレットだっけ？」

「ああ、劇自体はハムレットとオセロとリア王を足して三で割ったオリジナル。ちなみに脚本を書いたのは、この私」

「どんな話だよ。それにしても、お前、酒臭いぞ。それは七時前の臭いじゃない」

「しょうがないでしょ。昼間に会って、夕方までずっと飲みっぱなしだったんだから。帰りの電車だって、周囲の視線が痛くて痛くて。ねえ、ところで、何で、今、カレー食べてるの？　お昼はどうしたの？」

「お昼は、ちょっと色々あったの。ね、お父さん。あ、お母さんもカレー食べる？　あんまり勧めないけど」

「食べとけ。実験をする以上、結果の検証も大事だ」

「実験て、人の料理に何よ。文句あるなら、たまには自分も作ってみなさいよ。そんなにまずくないでしょう？　食べるわよ。弥生、お願い」

「ついでに七味も持ってきてください。この味には、ソースだけでは対抗しかねます」

「あ、七味ですね。それ、いいアイディアです。生卵も落としてみますか？」

「すばらしいアイディアです」

「もう、二人して何よ。失礼な」

「はい、お母さん。お父さん、卵と、七味です」

「あ、七味、お先にどうぞ」

「じゃ、お先です。おっと。これはかけ過ぎたかな。殻、こっちにもらいます」

「それくらいでちょうどいいですよ。じゃ、お願いします。真澄、黙るな。楽しい会話が、食事をいっそうおいしくするって、どうやらそういうものらしいぞ」

「これ、食べたの？」

「道のりは半ばだ。まだ食べたとは言いがたい」

「無理しなくていいわよ。我ながら、これはすごい。お寿司《すし》でも取ろう。私が奢《おご》るから」

「もったいないよ、お母さん。そんなに食べられないほどひどくはないから。この前のシチューのほうがすごかったし」

「弥生。それは慰めてるの？　それとも責めてるの？」

「これくらいの困難は、ソースと七味と生卵と、それから楽しい会話とで乗り切れないことはない。ほら、喋《しゃべ》りながら食べ続けろ。喋るついでに咀嚼《そしゃく》しろ。俺の水、飲んでいいから」

「ああ、ありがと。それじゃ、何、喋ろうか。あ、そういえば、二人は何をしてたのよ。二人にはどんな日曜日だったの？」

「どんな日曜日って、ええと、それは、ねえ？　お父さん。どうでした？」

「ああ、うん。そうですねえ。何というか」

「何というか、何よ？」

「何というか、だから、何てこともない、いい日曜日だったよ」

リバイバル

アパートの前に白いスポーツタイプのセダンが停まっていた。十日が明けて十一日。毎月のことだった。たまに顔を見かける近所のご老人が、血統のいい白馬のようなその車を横目で眺めながら歩いていた。連れていた犬がタイヤの横で足を上げ、ご老人は慌ててリードを引いた。私が車の前にきたときには、犬も道の脇で小便を終え、ご老人とともに晴れやかな顔で歩き出していた。

私は車の中を覗《のぞ》き込んだ。人の姿はなかった。散り遅れた桜の花びらが一枚、フロントガラスの上に張りついていた。

「おっさん」

声に振り返ると、矢島《やじま》さんがアパートの外階段に腰を下ろしてタバコを吸っていた。脇にはまだ若い男がだらしなく突っ立っていた。初めて見る顔だった。

「おはよう、だよな?」

「おはようございます」

「そうだよな。こんばんは、には遅すぎるよな」

薄闇が溶け、昇りかけた太陽が、町に一日を促し始めていた。

私は歩いて行って矢島さんの前に立った。いつも吸っている外国タバコの強い香りが鼻をついた。もう五十に手が届くはずだが、見下ろす頭の髪は黒々としていた。薄くなっている様子もない。いつも通り仕立てのよさそうなスーツを着ていた。

「お互い、因果な仕事だな。世間様が起き出すころに帰ってくる。体、きつくないか？」

「はい。何とか」

私は居酒屋で働いている。営業は午前二時までだが、そこから店の清掃をして、その日の会計の締めを手伝えば、帰りは始発。アパートに着くのは五時半過ぎになる。矢島さんの詳しい仕事は知らない。大ざっぱに言えば「やくざ」なのだろうが、「やくざ」がどういうものか私は知らなかったし、だから厳密に言って矢島さんが「やくざ」であるのかどうかも判断しようがなかった。私にとっての矢島さんは金貸しだ。

私は持っていたディパックを探って中から封筒を取り出し、矢島さんに渡した。金を抜いて脇にいた若い男に突き出すと、矢島さんは空の封筒を私に返して寄越した。

「いつもすみません。出向いてもらって」と私は言った。

「優良顧客へのサービスだ。おっさんがちゃんと生きてるかどうかも確認できるしな」

毎月五万八千円の返済は、決して楽なものではなかった。報道によれば、私が払っているお金は払わなくていい類《たぐ》いのお金だという。それは私も知っていたし、私がそれを知っていることを矢島さんも知っている。けれど、私は毎月欠かさずに矢島さんにお金を返し、矢島さんもそれを受け取る。返さなくていい金だと人は笑うだろう。中には憤る人だっているかもしれない。けれど、返さずに終えてしまえば、この先、誰が私にお金を貸してくれるというのか。苦しいながらも月々の返済をして、私の生活は回っている。もし将来、何かのためにお金を借りるとき、矢島さんならば二つ返事で貸してくれるだろう。銀行も、その傘下の金融業者も、私なんかに貸してくれるわけがない。

受け取った札を数えてから、若い男は金をセカンドバッグにしまった。

「おっさん、いくつになったっけ？」

ふうとタバコの煙を吐き出して、矢島さんが言った。

「五十三になります」

「今の仕事、いつまで続ける？」

「ああ、さあ」と私は言った。「体の続く限りとは思っております」

「続かなくなったら？」

くわえていたタバコを踏み消しながら矢島さんが言い、私は答えにつまった。朝に寝て、昼過ぎに起き出し、掃除洗濯をして、勤め先の居酒屋へ週に六日通う。残りの一日も、日雇いの仕事にありつければ現場へ向かう。さすがに五十を超えて、その生活が体の芯《しん》を蝕《むしば》んできている自覚はあった。

「ちょっと、いいか？」

矢島さんが上を指し、私は頷《うなず》いた。

「あ、はい」

「車で待ってろ」

若い男にそう言い捨てた矢島さんの先に立ち、私は二階にある自分の部屋へと戻った。

「きれいなもんだな。男一人とは思えない」

私に続いて部屋に上がり、矢島さんが言った。持っていたデイパックとコンビニの袋を置いて、私は冷蔵庫を開けた。

「ビールでいいですか？」

「構うなよ。座ってくれ」

矢島さんが六畳間の真ん中に陣取っている丸いちゃぶ台の前に腰を下ろした。私は缶ビールを二本持って、その前に座った。

「悪いな。いただくよ」

矢島さんは言って、ビールのプルトップを開けた。何となく缶を掲げ合い、私もビールを口にした。仕事のあとの一杯。以前ならば感じた爽快《そうかい》さが、最近では感じられない。

「おっさんも知っている通り」

缶をちゃぶ台に戻して、矢島さんは言った。

「おっさんが今、払っている金は法的には払う義務はない」

知ってるよな、というように矢島さんが私を見た。私は頷いた。

「借りた金が合わせて百六十五万二千円。この五年間でおっさんが返済した額は、三百五十三万八千円。よくやったよ。おっさん、文句の一つも言わず、泣き言も一度も言わず、毎月の期限には必ず返し続けてる。うちでも指折りの優良顧客だ」

ありがとうございます、と言うのもおかしなものだった。私はただ黙って頭を下げた。

「そろそろ終わりにしないか?」

「え?」

「今、返している金を生活に回せれば、少しは楽になるだろう?」

「それは、ええ、まあ。けれど……」

言いかけた私を矢島さんは制した。

「あとどれくらいで返済が終わると思う?」

わからなかった。

「十八年と七ヶ月だ」と矢島さんが言った。「おっさんは、七十を超えてる。生きていりゃあ、な」

「はい」

私はうなだれた。

「ここらで手じまいにしよう。おっさんはよくやったよ」

「それは、どういう……」

「返す」

矢島さんは背広から一枚の紙を取り出した。受け取り、広げた。私が署名した借用書だった。

「いいんですか？」

「もちろん条件はつく」

矢島さんは私を見ると破顔した。

「怖い顔すんな。俺は善人じゃないが、おっさんのことは好きだ。腎臓《じんぞう》売れとか、心臓売れとか、無茶なことは言わないよ」

「はあ」

「おっさん、戸籍は？」

「戸籍、ですか？」

「手、つけてるか？」

「手というと……」

「売ったりしてないよな？　他には？　婚姻とか、養子縁組とか、してるか？」

「いえ、そういうことは」

矢島さんはにこりとした。

「明日《あした》、ここにきてくれ」

タバコをくわえ、マッチで火をつけると、矢島さんはそのマッチを差し出した。

「仕事の前でいい。たいして時間は取らせない」

マッチは新宿の喫茶店のものだった。

「これ、ビール代な」

一万円札をちゃぶ台に置いて矢島さんは立ち上がった。

「え？　いえ、困りますよ、こんなに」

「明日、待ってる」

私がちゃぶ台の万札を手にして腰を浮かせたときには、矢島さんはもう靴を履いていた。はあ、と頷いた私に、じゃあな、と言うと矢島さんは部屋を出て行った。

残っていたビールを飲みながら、私は手の中のマッチをもう一度眺めた。

明日、何をさせられるのか。何をされるのか。気にならなかったわけではないが、それよりも借金がなくなることのほうが気にかかった。借金のない生活。私はぼんやりとそれを想像した。

いつまで返さなければならないのか。返済金額が総額でいくらになるのか。最初は気にしていたはずだったが、すぐに興味がなくなった。

返すために働く。働いて返す。それが繰り返される日常。私はその日常に慣れていた。借金というくびきが私を働かせていた。私を生かしていた。その生活を地獄だというのなら、私の体は地獄に適応していた。

将来、何かのときに金を借りるため。

自らについていた嘘だと思い知った。

想像する借金のない未来に、確かな手触りはなかった。

地獄を追い出されて、私は生きられるだろうか？

残っていたビールを飲み干し、矢島さんが残していったビールも飲み干した。天国を追い出された者は地上に降りればいい。けれど地獄を追い出された者は？　どこへ行けばいいのだろう？

わからなかった。


いつもより一時間早く部屋を出て、指定された喫茶店へ向かった。細い路地に面した、狭く薄暗い喫茶店だった。カウンターに人の姿はなく、一番奥の四人がけの席に矢島さんがいた。昨日の若い男もその隣に座っていた。向かいには女がいた。さほど若くはない。三十を二つ三つ超えているだろう。日本人でないことは一目でわかった。タイか、フィリピンか、その辺りだろうと想像した。胸元が大きく開いた服を着ていたが、整いすぎた目鼻立ちのせいか、あまり色気は感じなかった。

「ジェシーとでも呼んでくれ」

女の隣に私を座らせ、私を女に紹介してから、矢島さんが言った。

「はあ」と私は頷いた。

女は俯《うつむ》いたきり、私にも誰にも視線を合わせなかった。グラマラスなプロポーションよりも、荒れた肌に女としての生々しさがあった。

「それと結婚してもらう」

「え？」

女を見たときから半ば予想していたが、言葉にされてみると戸惑った。

「手続きはこっちで済ませる。最近は、色々とうるさくてな。実態がないとまずいんだ。悪いが、一緒に暮らしてもらうよ」

「一緒に」

拒絶ではなかった。歓迎したわけでもなかった。一人の暮らしが長すぎた。誰かと一緒の暮らしというものがうまく想像できなかった。

「一年でいい」

「一年ですか」

「半年で子供が生まれる」

半年では子供は生まれないだろうと思ってから、気づいて女を見た。

「うん。三ヶ月を超えたところだ。それをおっさんの子供として籍に入れてもらう。言ってみれば、あれだ。でき婚だな」

「子供、ですか」

「生まれて半年は一緒に暮らしてくれ。今日から一年経ったら、別れてくれていい。その際に条件は一切ない。女とも子供とも二度と会うことはない。おっさんは借金のなかったもとの生活に戻ればいい。悪くないだろう？」

悪くない条件だった。七十を超えてまだ残るはずの借金を清算する条件としては、破格とすら言えた。

「鍵《かぎ》」

矢島さんがテーブルに手を出した。

「え？」

「部屋の鍵。これから仕事だろ？　その間に引っ越しを済ませておく。帰ってきたら、それ、いるから。そのつもりでいてくれ」

矢島さんが女を顎《あご》でしゃくった。日本語が喋《しゃべ》れるのか、この話を理解しているのか。女の様子からはわからなかった。

「あの、ちょっと考えさせて……」

「おっさん」と矢島さんは笑った。「酔った上司と素面《しらふ》のやくざの言うことは、はい、はいって聞いておいたほうがいい」

鍵、ともう一度矢島さんが言った。

私は中腰になってスラックスのポケットを探り、部屋の鍵を取り出した。

「うん、もういいよ」

矢島さんに言われ、私は席を立った。店を出る間際に振り返ってみたが、誰も私のほうなど見ていなかった。若い男は携帯を取り出していて、矢島さんは黙ってタバコを吸っていた。二人の前の女は、さっきと同じように俯いたまま、身じろぎ一つしていなかった。

喫茶店を出て、職場に向かった。

国際結婚。

生まれてくる子供。

どちらにも現実感などなかった。

「早いですね」

控え室でのろのろと制服に着替えていると、前田《まえだ》くんが入ってきた。工学部の学生だという。私とほぼ同じ時期にここのアルバイトを始めた。若者が多いアルバイトの中でどうしても浮いてしまう私のことを当初は何くれとなく気にかけてくれた。その親切心が煩わしかった。勘のいい子なのだろう。今では、挨拶《あいさつ》に一言、二言添える程度の、適度な距離を保ってくれている。挨拶に添えられていたその一言、二言をつなぎ合わせれば、彼は今、大学院への進学のために学費を貯めているところのはずだ。

手早く着替えた前田くんと一緒に、私は控え室を出た。

四月とあって、歓迎会が多いせいもある。近所にあった似たようなチェーンの居酒屋が、最近、閉店したせいもあるのだろう。早い時間から客が立て込んできた。いつも通りマニュアルに従って客をさばいていると、さっきのやり取りが嘘のように思えてきた。嘘のように思えるやり取りを思い煩っている余裕はなかった。

注文を受け、受けた注文を厨房《ちゅうぼう》に通し、出てきた料理を席に運び、客の引けたテーブルを片付ける。客の顔などろくに見てもいない。客だって私の顔などろくに見てはいまい。

マニュアルは所詮《しょせん》マニュアル。心のこもった接客を。

店長はそう言うが、そんなことをしていたら、ひっきりなしにやってくる客をさばけはしない。第一、心のこもった接客を受けたいのならば、チェーン店の居酒屋になどやってこないだろう。

休憩を挟んで閉店まで働けば、体ばかりか頭まで気だるく重く感じられる。マニュアルが思考を鈍らせるのか。私だけでなく若者たちも、腰に手を当て、つらそうに首を回し、鈍い目をして控え室に引き上げてくる。くたびれた制服からくたびれた私服に着替えると、独り言のような別れの挨拶を口にして、駅へ向かう。始発はいつもがらがらだが、席に座れば寝入ってしまいそうで、いつもドアの脇の手すりに寄りかかる。それでもわずか三駅の間に眠気は襲ってくる。がくんと膝《ひざ》が折れ、そのたびに目を覚ます。駅で降りると、週に一度はコンビニで馴染《なじ》みの週刊誌を買う。今日はまっすぐアパートへ戻った。ゴール前。最後に待ち受ける心臓破りの坂のような外階段を一歩一歩上り、自分の部屋の前に立った。ポケットを探ってから、そこに鍵がないことと、その理由とを思い出した。

ノブを回すと、ドアは開いた。

女がいた。

ちゃぶ台を前に座っていた。喫茶店で会ったときと同じ服装だった。

自分の部屋に他人がいる。いることはわかっていたのに、私は少しうろたえた。

「ただいま」

他に言いようもなく、私はそう言いながら部屋に上がった。女は一つ頷《うなず》いた。にこりともしなかった。

引っ越しを済ませておく。そう言われたが、女の家財道具は見当たらなかった。目についたのは、女の脇にある大きな白いスポーツバッグくらいだった。

流しに立ち、コップで水を飲んでから、女を振り返った。女は私の足の辺りに視線をやっていた。

「食事は？」

女が視線を上げた。言葉は通じないようだ。私は箸《はし》を口に運ぶ仕草をし、自分のお腹を叩《たた》いた。

ああ、というような顔で女は頷いた。少し待ってみたのだが、女の返事はそれですべてだった。それでは食べたのか食べていないのか、わからなかった。

「寝たのか？」

私は立ったまま腕枕をして見せてから、女を指差した。女の顔に緊張が走った。ノー、ノーと何度も首を振り、自分のお腹を指した。何を言いたいのか、しばらく経ってから理解した。私と寝ろ。彼女は私がそう言ったと思い、妊娠しているからできないと訴えていたのだ。

「そうじゃない」

さすがにむっとした。それが、ないものをあるように言われたからなのか、拒絶そのものに対する不愉快さなのか、自分自身にもわからなかった。

「私は寝るよ。君は好きにすればいい」

ちゃぶ台を脇によけ、押し入れから布団を出して敷いた。女は警戒した表情でバッグを手にして、ずりずりと壁際に寄った。構わずにカーテンを閉めて、スラックスとシャツを脱いだ。じっと私を見ていた女は、私と目が合うと、慌てて視線を逸《そ》らした。下着になってから思い出し、洗面所に向かった。私の歯ブラシが入ったコップの脇に、真新しい白い歯ブラシがあった。歯を磨き、布団に入った。女に背を向けるように横になり、目を閉じた。

同じ部屋に女がいる、とは思わなかった。それでも、同じ部屋に他人がいる、という居心地の悪さは感じた。いつもならすぐにやってくる眠りがなかなか訪れなかった。お互いを意識するお互いの意識が、部屋の真ん中で見つめ合っているようだった。それが過剰な自意識なのか、判断がつかなかった。

寝入った時間が遅かったからだろう。目覚めもいつもより遅かった。部屋に女の姿はなかった。菓子パンの空き包みと、空のペットボトルがゴミ箱にあった。洗面所の汚れ物を入れておくかごの脇に、コンビニのビニール袋があった。中に入っているのは、女の下着らしかった。

女がなぜ私と結婚する羽目になったのか。それは女にとって歓迎するべきことなのか、そうでないのか。矢島さんが説明せず、女が日本語を喋れない以上、知りようがなかった。

布団を干した。自分の汚れ物だけを洗濯し、洗濯物を吊《つる》す代わりに、干していた布団を取り込んだ。ざっと掃除機をかけてから、私はいつも通りに部屋を出た。鍵をかけかけて、舌打ちが出そうになった。女は鍵を持っていなかった。少なくとも私は渡していなかった。しばらく迷い、どうせ盗まれるほどのものもないと、鍵をかけずに仕事へ向かった。誰かと暮らすことの煩わしさを少し思い出せた気がした。

前田くんが私の視線を捕まえ、そのまま入り口へと歩いて行った。そちらを見ると、昭子《あきこ》が入ってくるところだった。以前きたとき、前田くんにだけは私の知り合いであることを話してあった。お一人様ですか？　出迎えた前田くんに頷いた昭子は、カウンターの席に案内された。尋ねた前田くんの目線に頷き返して、私は前田くんに代わり、昭子の脇に立った。

「ビールをグラスで。あとは……」

注文を打ち込みながら、斜め上からそっと昭子の様子をうかがった。この前にきたのは、先々月だったろうか。ずいぶん、白髪が増えたように思えた。あのときは染めていたのか。

「すぐにお持ちします」

注文を繰り返してから軽く頭を下げ、厨房に注文を通した。すぐにビールが出てきた。試験開始を待つ受験生のようにカウンターに座る昭子に、グラスのビールを運んだ。結婚する前も、結婚したあとも、昭子がアルコールを口にするのは稀《まれ》だった。別れて八年。その間に生活習慣が変わったのか。それとも、居酒屋の客として形を繕うために頼んでいるだけなのか。

最初に昭子が店にきたのは一年ほど前だった。私たちが家族だったころ、近所に暮らしていた人が、たまたま店にきたらしい。私は気づかなかったが、相手は気づいた。その後、ずいぶん時間が経って、昭子と電車の中で偶然出くわしたそのときまで、それを覚えていた。

一年前、最初に昭子が店にやってきたとき、私たちはしばらく黙って互いを見つめた。やあ、久しぶりだね。微笑んで、そう声をかければよかったのだろうか。今でもわからない。しばらく見つめ合ったあと、私は、普段、客を迎えるのと同じように昭子を迎え、昭子は当たり前の客のように席についた。

メニューに目を落としながら、近所の人の名前を出し、見かけたって聞いたから、と昭子は言った。

そうか、とだけ私は答えた。

注文と紋切り型の受け答え以外に、私たちが交わした言葉はそれだけだった。

それ以降、二、三ヶ月に一度、昭子は店にやってくるようになった。

今日も昭子は、ビールを飲み、軽い食事をして、小一時間ほどで席を立った。レジに立ち、私は財布を持つ昭子の細い指を見るともなく見ていた。かつてあった指輪を探したわけではない。私はいつも無意識に、自分の知らない指輪をそこに探してしまう。それがないことにホッとする自分がいて、それがないことに落胆する自分もいた。幸せになって欲しいと思う。そこに嘘はない。けれど、幸せになった昭子を素直に祝福することはないだろう。それもわかっていた。

おそらく昭子も同じだろう。若い人たちに混じって居酒屋で声を張り上げる私を、痛ましく思いながら、たぶんどこかでホッとしている。

幸せでないこと。

もはや夫婦でも家族でもない今、それだけが私たちを結びつける絆《きずな》だった。

「ありがとうございました」

釣りとレシートを受け取り、昭子が店を出て行った。

またお待ちしています。

マニュアルにあるその一言は、いつも喉《のど》の奥から出てこない。

——もう関わりたくないの。

記憶に残る、妻だったころの昭子の最後の言葉だ。

それは怒りでもなく、悲しみでもなかった。

私が打った頬に手を当て、昭子はただ疲れたように言った。

困ったときに助け合うのが夫婦。つらいときに慰め合うのが家族。

理屈が間違っていなかったとしても、私はその理屈を都合のいい形に変えてしまっていた。

妻だったはずの女が、他人よりも醒《さ》めた目で私を見ていた。

もう一度振り上げた手を握り締め、強く壁を叩いた。絆が切れた瞬間だった。私たちが離婚したのは、その週末のことだった。

部屋に戻ると、女は寝ていた。

女が寝る真新しい布団の隣に、私の布団も敷かれてあった。親切のつもりなのか、ただのついでなのか、あるいは決して自分の布団には入るなというメッセージなのか、わかりかねた。部屋に上がった拍子に、足が何かを引っかけた。金属がぶつかり合う音がカランコロンと部屋に響いた。引っかけた袋を覗《のぞ》いてみると、鍋《なべ》やらやかんやらが入っていた。その隣の袋には食器類が入っていた。バスタオルや替えのシーツが入った袋もあった。これに布団。とても一人で運べる分量ではない。まさか矢島さんがそこまで面倒は見ないだろう。矢島さんが連れていた若い男か。

振り返ると、女が布団の中からこちらを見ていた。

「ああ、すまない。ぶつかってしまって」

足を上げ、自分が引っかけた袋を指差した。女が頷《うなず》き、目を閉じた。

ペットを飼ったようなものだ、と私は自分に言い聞かせた。相手からの愛想を求めれば、こちらの愛想も必要になる。それなら今のように愛想なく振る舞ってくれたほうが気が楽だ。犬や猫ですらない。たとえば亀を飼ったようなものだ。そう考えることにした。

歯を磨いてから、私は敷かれてあった布団に入り、女に背を向けて、目を閉じた。まだ二日目だというのに、昨日と違い、気が張ることはなかった。私はすぐに眠りに落ちた。

女との暮らしが始まった。さほどの変化はなかった。昼に起きる。女が部屋にいることはほとんどない。どこへ行っているかも知らない。自分の分だけの洗濯をする。部屋の掃除もするが、女もしているのだろう。以前より、手間は減った。仕事へ行き、戻ってくると女は寝ている。布団は敷いてある。歯を磨き、そのまま寝床に入る。流しの脇には新しい食器が並び、調理道具も増えた。ゴミ箱に生ゴミが多くなった。変化といえば、それくらいだった。女が私のために料理をすることはなかったし、私が女の生活に干渉することはなかった。

それでも、女がきて五日目。目覚めて、流しで髪を洗う姿を見たときは、さすがに声をかけた。私は身振り手振りで女を連れ出し、近くの銭湯へ連れて行った。自分も風呂《ふろ》に入り、銭湯を出てみると、女が待っていた。その程度の情はあるのかと少し驚いた。連れ立って帰ったが、言葉を交わすことはなかった。少し間を取って歩く私たちの姿は、知らない人が見れば、たまたま同じ方向へ歩いているだけの他人に見えたと思う。アパートにたどりついてから気がついた。出るとき、私は部屋に鍵《かぎ》をかけ、その鍵を持っていた。だから、女は私を待っていたのだ。女がきてからそれまで、部屋に鍵をかけたことはなかった。その日のうちに合い鍵を作り、女に渡した。

　ことさら無視するわけでもないし、つっけんどんに振る舞うわけでもない。目が合えば、やあ、とか、おはよう、くらいの表情のやり取りはあった。けれど私の生活そのものは、女がくる前と何も変わらなかった。気分にしたところで、トイレを待たされるときや、女の物音に目覚めてしまったとき、わずかにいらっとすることがあったが、その程度だった。満たされることもなければ、荒らされることもなかった。

　気分というのなら、私にとっては、同じ部屋に女が寝泊まりしていることより、借金がないことのほうが大きかった。返すべき借金がない。地獄から抜け出したはずのその状況が、社会から放り出されたような錯覚を呼んだ。するべきことがなかった。気にするべきこともなかった。何もなかった。私はただ淡々と働いた。減らせるシフトも減らさなかった。もうする必要のない日雇い仕事にも、ありつければ出向いた。苦しみから解放された私の体は、もう痛みにすがるしかなかった。痛む腰や重い肩に、どうにか私は生きている実感を探り当てていた。

二ヶ月が過ぎた。

六月に入ってしばらく、夏を思わせるような蒸し暑い日が数日続いた。女の服が薄手になり、それまではさほど目立たなかったお腹の膨らみに目が行くようになった。

妊娠、五ヶ月。

かつて見たはずだった。その腹に手を当て、あるいは耳を当てたこともあったはずだった。けれど、それがどんなものだったのか、思い出すことはできなかった。

お腹の子供は順調なのか。そもそもちゃんと医者へ通っているのか。私は知らなかった。

木曜日の朝だった。夜半から降り出した細かな雨に、私は手で頭を覆いながら小走りにアパートへ戻った。階段ですれ違った若い男が、矢島さんの部下だとしばらく気づかなかった。上から降りてくる男に、無意識に体をよけてすれ違い、階段を上り終えてから思い出した。手すり越しに、早足で歩き去っていく男の後ろ姿が見えた。

部屋に戻ると、女が起きていた。私の分の床が敷かれ、女は自分の布団の上で足を崩して座っていた。一瞬、ぎょっとしたようにこちらを見た女は、私だとわかるとすぐに視線を降ろした。

何か、あったのか？

どうせ通じるはずのない質問を口にしかけて、やめた。

どうしてそうなったのかは知らない。けれど、何があったのかは私にもわかった。部屋には濃密な体温の残り滓《かす》がねっとりと染みついていた。女が求めたわけではないのだろう。かばうようにお腹に手を当てる女を見て、何となくそう思った。無理矢理だったのか。応じなければならない事情があったのか。

私はいつも通り歯を磨き、着ていたものを脱いで布団の中に入った。女に背を向け、目を閉じた。

やがて女の小さな泣き声が聞こえてきた。食いしばった歯の隙間から漏れるような、苦しそうな嗚咽《おえつ》だった。眠気はすぐに襲ってきた。女の嗚咽を子守歌のように聞いていた。どのくらいうとうとしたのか。一旦《いったん》、寝入りかけ、眠りが遠ざかっていった。女の嗚咽は続いていた。

「名前」

目を閉じたまま、私は口を開いた。

「決まってるのか？」

女の嗚咽が止んだ。

「ネーム。ベイビー」と私は言った。

しばらく間があり、女の声が聞こえた。

「ノー」

女に背を向けたまま、私は目を開けた。部屋の柱があった。もう五年も住んでいる部屋だった。タバコの焦げ痕《あと》のような黒い染みに初めて気がついた。

「翔太《しょうた》」

私はその染みに語りかけるように口を開いていた。

「ネーム。マイ、ソン」

女が何かを言った。英語ではなかった。

――息子がいるの？

そういう意味だろうと思った。

「いたんだ。もう死んだ。十八の夏に自殺した」

しばらく間が空き、女が何かを言った。

――どうして？

そう受け取った。

「詳しくはわからない。離れて暮らしていたから。翔太が中学のときに離婚した。職を失ってね。私自身が自棄《やけ》になっていた。別れると決めた昭子の判断は正しかったと思う。夫がだらしなかったせいかもしれないな。息子に過剰な期待を寄せてしまったんだろう。高校に入ると、塾代だの何だのと、お金を求めてくるようになった。だから、矢島さん。知っているだろう？　彼にお金を借りた」

――ヤジマ。悪い男だわ……嫌な男。

「五十間近のフリーターに百五十万を超える金を貸してくれたのは、彼だけだったよ。

私も、かっこをつけたかったんだろうね。平気な振りをして、金を与えた。息子に感謝されたかったのかもしれない。別れるときにはひどい姿しか見せられなかったから」

――それでも息子さんは死んだのね？

「大学受験に失敗してね。それが応《こた》えたようだ。もう一年、また親に無理をさせる。そんなプレッシャーもあったのかもしれない。優しい子だったから。自分の部屋で、縄跳びで首をくくって」

喋《しゃべ》りながら私は、胸の中に痛みを探していた。けれど、それが見つかることはなかった。昭子や翔太と暮らした時間は、昔見た映画のように、現実感のない記憶になっていた。自分が父親だったことが本当にあったのか。夫だったことが現実にあったのか。それすら頼りなかった。

「縄跳び」

繰り返して、思わず笑いが漏れた。

「縄跳びで人が死ぬって、何だかおかしくないか？　子供のころに使ってた、ゴムの安い縄跳び。買いに行ったら赤しかなくてな」

ああ、そうだった。あれは、私と買いに行った縄跳びか。

「男の子なのに赤なんて嫌だって言われたんだが、他になくてね。明日《あした》、学校で必要だって言うから、そうだ。叱ったんだ。もっと早く言っておけば、ちゃんと用意できたのに。だから、今回はこれで我慢しろと。そうだな。そうだった」

もしあのとき、縄跳びを買わなければ、翔太は死ななかっただろうか。ふとそんなことを思いついた。もし、私が失職していなければ。もし、私が離婚に応じていなければ。もし、私が金を与えなければ。

翔太はまだ生きていただろうか？

わからなかった。

思い浮かべた疑問自体が、見終えた映画の違う筋を想像する虚《むな》しさに似ていた。女の動く気配がした。私が振り返ると、自分の布団に入った女は、一瞬だけ小さな笑みを浮かべ、私に背を向けた。私も女に背を向け、再び目を閉じた。

日雇い仕事にあぶれた日曜日、私は駅前のスーパーへ行った。ビールとつまみと缶詰をいくつか買い、そのまま帰ろうとして、気が変わった。ビニール袋をぶら下げたまま、エスカレーターで二階へ上がった。

衣料品やら日用品やらが売られているフロアの片隅に、子供用品が売られている。デパートや専門店ほどではないが、ベビーカーも売られていたし、抱っこ紐《ひも》も売られていた。しばらくそれらを眺め、いざ手にしてみると、出すぎた真似のような気がした。玩《がん》具《ぐ》のコーナーへ行き、ガラガラやモビールを眺めた。こちらなら出しゃばった感じがしないように思えた。ついている値札も、数百円からせいぜい数千円。女と暮らすことで月々の返済がなくなったことを考えれば、出し惜しみする値段ではなかった。

展示用に吊《つ》られたモビールを、もぐり込んで下から眺めてみた。イルカとクジラとクラゲと星がくるくると回っていた。

トカゲ、と私は思い出した。

翔太に買ったモビールには、馬と猫とペンギンと、それからなぜかトカゲの形をした玩具がぶら下がっていた。

「何でトカゲなんだろうな」

翔太の隣に寝そべって、私はそう聞いた。

そう思うなら、どうしてこれを買ったの？

そう聞くように翔太が私を見返した。

「そりゃそうだな」と私は笑った。

台所からは、昭子が日曜日の昼食を作る音が聞こえていた。

淡い白昼夢は一瞬で薄れ、私はモビールの下から体を起こした。そのとき、女の姿が目に入った。赤ん坊用の肌着のコーナーにいた女も私に気づいた。見てはいけないものを見てしまった。女はそんな顔をしていた。見られてはいけないところを見られてしまった。私はそんな顔をしていたと思う。

踵《きびす》を返すかどうか、お互いが躊躇《ちゅうちょ》していた。やがて意を決したように女がこちらへやってきた。顔にはぎこちない笑みが浮かんでいた。

私が見ていたモビールに目をやり、女の笑みが和らいだ。くるくると回るモビールに指をかざし、私を見た。少し恥ずかしそうに自分を指差す。

――これ、私に？

そういう意味だろう。

私は頷《うなず》いた。

女は首を振った。

いらないという意味か。買ってもらう理由はないという意味か。

考えていると、女が自分のお腹の前でアーチを作った。もう一度、今度はもう少し大きなアーチを作った。さらにもう一度、もっと大きなアーチを作った。そしてモビールを指差した。

「ああ」と私は頷いた。「そうだよな。まだ早いよな。生まれてからだって遅くないもんな」

おむつが先、肌着が先、と、昭子にも笑われた。

「何より先に、育児本、読んでおいてよね。可愛がるだけが親じゃないんだから」

確か、そうだった。

「男は駄目だな」

私は笑った。女が頷いた。意味がわかって頷いたわけではないだろうが、それがまたおかしくて、私は笑った。

女がわずかに頭を振った。

——帰りましょう。

「そうだね」

私は女と肩を並べて、アパートへ戻った。

変化に気づいたのは、そんなこともあったからだろうか。

たとえば亀を飼ったようなもの。そう思っていた女との同居に、私の中で違う意味が生まれてきたせいかもしれない。

最初に気づいたのはタバコの匂いだった。

帰ると、時折、微《かす》かにタバコの匂いが部屋に残っていることがあった。矢島さんの吸うタバコの匂いとは違っていた。雨の中、歩き去っていく若い男の後ろ姿を思い出した。女は何も言わなかったが、そう思ってみれば週に一度ほど、部屋にその気配が残っていた。けれど、最初の日以来、女が泣くことはなかった。

喜んで迎えているわけではない。けれど、命がけで拒絶しているわけでもない。男の気配が残る部屋の中、私から気まずそうに視線を逸《そ》らす女に、そんな雰囲気を感じた。

異国で一人、知らぬ男と暮らしながら、大きくなるお腹を抱えている不安。男の存在は、一時それを忘れさせてくれるのかもしれない。

その対象が自分でなかったことに、私は微かに嫉妬《しっと》し、その嫉妬に自分でうろたえた。

女に何の情もないと言えば、今となっては嘘になる。けれど、それは男としての愛情ではなかった。それだけは確信があった。それでも私は、名前も知らない若い男に嫉妬していた。

ペットが他人になついてしまったようなもの。

そう考えようとしたが、無理があるのは自分でわかっていた。あるべきでない異物がそこにある。その異物を女は受け入れている。胸に芽生えた疼《うず》きは、それに対する不快感だった。

同じような雨の中、再び男と階段ですれ違ったのは、七月に入ってすぐだった。上から降りてくる男に、今度は体をよけなかった。遮るつもりはなかった。咄嗟《とっさ》に体が動かなかっただけだ。立ち塞《ふさ》がる形になった私に、男は険のある視線を飛ばしてきた。かける言葉がなかった。

女は私のものではなかった。その部屋が私の部屋であったところで、女がそこで暮らすことを私も承知していた。咎《とが》める言葉も、理由も、私にはなかった。

どけ。

そう言うように男が顎《あご》をしゃくった。

「矢島さんは承知ですか？」

取り立てて意味はなかった。虎の威を借りたつもりもなかった。男が予想外に狼狽《ろうばい》して、私のほうが慌てたくらいだ。

「関係ねえだろ」

男が言った。私が、という意味なのか、矢島さんが、という意味なのかわからなかった。

肩で私を押しのけるようにして、男は階段を降りていった。その背中を見送り、私は部屋に戻った。

女は部屋にいた。裸だった。布団の上に座って、腹に手を当て、何かを喋《しゃべ》っていた。私が入った途端に口をつぐんだ。

女が裸でいることに私は慌てたが、女は気にする風はなかった。平然とされると、慌てるほうが間抜けに思えた。

「ただいま」

私は言って、部屋へ上がった。洗面所に向かい、雨に濡《ぬ》れた服を脱いで、体を拭《ふ》いた。タオルを腰に巻いて、着替えを取りに部屋に戻った。女はまた腹に手を当てて、何かを喋っていた。

押し入れのプラスチックケースからTシャツとパンツを出し、女を振り返った。

「何語だ？」

女が言葉を止めて、私を見た。

「イングリッシュ？」

ああ、というように女が微笑んだ。

「ポオチュギー」

しばらく考え、ポルトガル語だろうと察した。

「ブラジル？」

それは通じたようだ。女が頷いた。

一緒に暮らし始めて三ヶ月。ようやく女の国を知った。それが妙におかしかった。少し笑った私に、女が不思議そうな顔をした。

「触っていいかな？」

私は女の腹を指した。次に、自分のお腹の前でアーチを作り、そこを撫《な》でる仕草をした。

女が頷いた。

私は女の前に座った。ぱんと張った乳房の下に、ぽこりと膨らんだお腹があった。女の腹に手を伸ばした。そっと手を当てたとき、女の体が一瞬、震えた。目を上げると、女は照れ臭そうにくすりと一つ笑った。私も笑みを返し、またお腹に目をやった。

生まれるんだな。

胸の中で、私は語りかけていた。

もうじき君は、この世界に名乗りを上げるんだな。

分娩《ぶんべん》室の扉の向こう、翔太が一番初めに上げた泣き声を思い出せる気がした。

体を倒し、女の腹に耳を当てた。女の匂いが鼻をついた。かつて昭子の体にも嗅《か》いだとのある、母体の匂いだった。当てた肌の向こうに、翔太の泣き声が聞こえた。強い感情に襲われた。不意に嗚咽《おえつ》が漏れそうになり、私は慌てて女から頭を離そうとした。が、女が私の肩に手を置いた。力強く私を引き止めた女の手は、やがてあやすように私の頭の後ろを一つ撫でた。

目を閉じて、私はしばらくそのまま女の腹に耳を当てていた。やがて女が体を横たえた。いざなうように腕を撫でられ、私はその隣に体を倒した。女の手が首の後ろに回り、私たちは正面からぴたりと体を合わせた。私の頰の上に女の頰が当たっていた。女の胸が私の胸に潰《つぶ》され、膨らんだ女の腹が私の腹に吸いついていた。女の鼓動を感じた。二人で胎児を温めているようだった。自分の鼓動と女の鼓動。刻まれる二つのリズムの隙間に、私は感じ取れるはずもないもう一つの鼓動を探していた。

親になる。

不安だった。

元気に生まれてくるのか。丈夫に育つのか。意地悪な子にはならないか。意気地のない子にはならないか。長所はあるのか。その長所をちゃんと伸ばしてやれるのか。惨めな思いをさせられるのではないか。惨めな思いをさせてしまうのではないか。

最初に聞いた翔太の泣き声が、そのすべての不安を溶かした。

「はじめまして」

昭子の胸の上、頼りなげに乳房を探る赤ん坊に、私はそう声をかけた。

「ようこそ」

昭子が吹き出した。

「何の挨拶《あいさつ》よ。だいたい、何で泣きそうなの？　泣きたいのは、私のほうよ。ものすごく痛かったんだから」

「ああ、そうだったね。お疲れ様」

「何、そのおざなりのキスは。ちゃんとチュー。ほら」

突き出した昭子の唇に、私はゆっくりとキスをした。部屋の看護師たちが微笑ましげにこちらを見ていることは気にならなかった。唇を離し、私たちは赤ん坊を見た。

「ママですよ」

ほら、と肩を小突かれ、私は言った。

「パパですよ」

怪訝《けげん》そうにこちらを見る赤ん坊の瞳《ひとみ》に、私は思った。元気じゃなくたっていい。丈夫じゃなくたっていい。意地悪だって、意気地なしだっていい。長所なんてなくていい。惨めな思いをしたって、させられたって、そんなことはどうだっていい。ただ、生きてくれ、と。私たちと一緒に生きていってくれ、と。

女の指が頬に触れた。私の涙を拭《ぬぐ》った女も、泣いていた。

「心配しなくていい」

そっと私は女の髪を撫でた。

「その不安はすぐになくなる。子供が生まれてきたら、そんなもの、すぐになくなるから」

私は微笑んだ。女が頷《うなず》いた。


おはようございます。

夕方にもかかわらず、バイト同士は顔を合わせれば必ずそう挨拶をする。理由は知らない。

「おはよう」

返した私に、前田くんがまだ視線を向けていた。制服のボタンを留め終え、私は前田くんを見た。やけに大きなバッグを手に提げていた。

「何？」

「今、ちょっと、いいですか？」

「あ、ああ」

勤務時間までは間があった。私は前田くんに誘われるまま、一旦《いったん》、店を出た。近くの自販機の前で立ち止まった前田くんは、缶コーヒーを二本買って、一つを私に差し出した。

「最後なので、おごります」

「え？」

「バイト、辞めます。さっき店長にも話しました。これからすぐに実家に戻ります」

確か四国のほうと聞いた気がした。

「ずいぶん、急だね」

「お袋が倒れまして」

前田くんは言って、ガードレールに腰を下ろした。私もその隣に尻《しり》を預けた。

「だいぶ悪いのかい？」

私が聞くと、いえいえ、と前田くんは首を振った。

「この暑さで参ったみたいです。もともとあまり丈夫な人ではなかったので」

前田くんはコーヒーをごくごくと飲んだ。私も缶を開けた。

「いつ戻ってくる？」

聞いてから、最後なので、というさっきの言葉を思い出した。

「戻りません。向こうで仕事を探します」

「だって、大学院は？　どうするんだい？」

「諦《あきら》めます」

きっぱりと言い切った前田くんの顔に未練はなさそうだった。

「そう」

「他に母を見てくれる人もいないもので」

「いい息子なんだな」と私は言った。「お母様もご安心なさるだろう」

いやいや、そんな、と照れた前田くんは、ふっと笑って自分を指差した。

「僕、お節介だったでしょう？」

「え？」

「気を悪くしないで欲しいんですけど」と前田くんは言った。「似てたんですよ。親父に」

「私が、かい？」

「ええ。親父っていっても写真でしか顔を知らない親父ですけど、ちょっと面影が」

若くして亡くなったということなのか、両親が離婚したということなのか。

「ああ」と私は頷いた。

「お子さんは、いらっしゃるんですか？」

少し聞きにくそうに前田くんが言った。翔太が生きていれば、前田くんの一つ上か。いや、二つだったか。

最後に見た翔太の顔を思い浮かべ、そこにこれまでの時間を足した。

「ああ」と私は頷いた。「息子が一人。君ほど出来はよくないがね」

そんなことないでしょう、と前田くんは笑った。

私たちはしばらく黙ってコーヒーを飲んだ。

いつかの夏の日、そんなこともあり得ただろうか。

おごってやるよ。

そう言って缶を放り投げた翔太と並んで、こんな風に缶コーヒーを飲む夏の一日が、あり得たのだろうか。そこで翔太は何を話してくれただろう。そこで私は何を語れただろう。


やがて前田くんが立ち上がり、足下に置いていたバッグを担いだ。

「行きます。お元気で」

「色々ありがとう。向こうでも頑張って」

「お世話になりました」

頭を下げて、前田くんは私に背を向けた。私はガードレールに尻を預けたまま、その背が見えなくなるまで見送った。


昨今の店頭に余剰な人員などない。うちの店に限った話ではないし、居酒屋業界に限った話でもないだろう。大方の店はぎりぎりの人員で回されている。本来、シフトに入るはずだった前田くんの抜けた穴は大きかった。いつもより気だるく重い体を抱えて、私は帰途についた。

アパートの前に、ご老人と犬がいた。路上に立ち止まり、揃って斜め上を見上げていた。


何があるのだろう。UFO？

ぼんやりとその目線を追った。アパートの二階だった。扉の脇に男が一人立っていた。

扉は開け放たれ、中から女の短い悲鳴が聞こえてきた。私は弾かれたように駆け出していた。私に気づくと、ご老人は犬を連れてそそくさとその場を立ち去った。階段を駆け上がった。部屋に入りかけたところで、扉の前にいた男が遮るように腕を伸ばした。

「あとにしてくれ」

三十前後だろうか。普通のスーツを着てはいたが、普通の会社員でないことは一目で知れた。鋭い目線に一瞬たじろぎ、すぐに男の腕をかいくぐって部屋に飛び込んだ。

三人の男がいた。一人は上がりがまちに座り、入ってきた私に怪訝そうな目を向けた。部屋の奥で若い二人の男が女の両手を取り、立ち上がらせようとしていた。

「やめろ。何をしてるんだ」

靴のまま部屋に上がり、二人の男の手を払って、女を背にした。

扉に立っていた男が部屋に入ってきた。

「何？」

上がりがまちに座っていた男が私を指した。

「同居人でしょう」

扉の男が答えた。

「ああ、一応、旦那《だんな》か」

頷いた男は、動きを止めていた二人に言った。

「ほら、さっさとしろよ。何、止まってんだよ」

若い二人のうちの一人が私の胸を押した。私はその場に尻餅《しりもち》をついた。二人がまた女の手を取り、女が日本語ではない悲鳴を上げた。言葉がわからなくたって、意味はわかった。

「よせと言ってるんだ」

また手を振り払おうとしたが、その前に突き飛ばされた。今度は部屋の壁にぶつかって倒れた。抵抗する女の頬を一人が平手で打った。じたばたとする女を二人で力任せにドアのほうへ引きずっていく。

「乱暴はよさないか。子供が」

立ち上がって、私は叫んでいた。

「子供がいるんだぞ」

男たちが一斉に私を見た。

「これから生まれてくる子供が、そこに生きてるんだぞ」

男たちが顔を見合わせた。上がりがまちの男が顎《あご》をしゃくり、しゃくられた若いうちの一人がつかつかと私に近づいてきた。歩くのと同じテンポで男の足が飛んできた。ぎゃっと呻《うめ》いて鼻を押さえたその次には、みぞおちを蹴《け》り上げられていた。呼吸が止まった。ごろごろと転がり、どうにか呼吸を取り戻した。体を起こそうと四《よ》つん這《ば》いになったのと同時に、また顔を蹴り上げられた。鼻血がしぶきになって飛んだ。仰向けに倒れて頭を打った。ぐらぐらと世界が揺れた。

男が私から離れていった。

呼吸が苦しかった。鼻がふさがっていた。

ぜいぜいと喉《のど》を鳴らしながら、私は何とか立ち上がった。鼻血が垂れて、床にぽとぽとと落ちた。

「よさないか。子供がいるんだ」

私に背を向けていたさっきの男がちっと舌打ちして振り返った。またつかつかと近づいてきて、膝《ひざ》で腹を蹴り上げた。今度は倒れることを許されなかった。髪をつかまれ、顔面に拳《こぶし》をぶつけられた。男の指輪が鼻にめり込んだ。ぐしゃりという振動が伝わってきた。もう一度、同じ場所を殴られた。さらに、もう一度。ふっと意識が飛んだ。床に叩《たた》きつけられて意識が戻った。もう立ち上がることはできなかった。首をねじ曲げて、何とか女の姿を探した。髪をつかまれ、部屋から引き立てられていくところだった。声も出せず、立ち上がれもせず、腕だけを伸ばしたとき、開け放たれたドアに人影が差した。

「その辺で勘弁してください」

矢島さんだった。

「やーじーまー」

男たちの中の一人が立ち塞《ふさ》がり、その背中に矢島さんの姿が隠れた。声だけが聞こえた。

「ジュニアの指令ですか？」

「お前らが下手かますからよ。こっちに余計な仕事が増える」

「社長同士で話はついてます。女はこちらで処理します」

「アンドウって言ったか。あれはどうした？」

「あれはもう処理しました。ご迷惑をおかけしました」

「ったく、使えそうで使えねえんだよな。お前は昔っからそうだ。脇が甘いんだよ」

「申し訳ありません」

「あんま調子に乗ってると潰《つぶ》すぞ。お前らの代わりなんていくらだっている。その辺、よーく考えろ」

「わかっています。お手間をおかけいたしました」

言い終えた途端、ぐっと矢島さんが呻いた。立ち塞がっていた男が、腰を折った矢島さんの横から部屋を出て行った。残った男たちも、その後に続いた。女のすすり泣きが残った。私はほっと息を吐いた。

「連れてけ」

矢島さんの声に顔を上げた。

初めて見る若い男が、女に手を伸ばしていた。

「やめろ」

私は若い男に言い、矢島さんに言った。

「やめてください。お腹に子供が」

「説明してやれ」

矢島さんが若い男に言った。私にかと思ったら違った。若い男が女に話しかけた。日本語ではなかった。

「日系四世でな。ポルトガル語が喋《しゃべ》れる」

部屋に入ってきた矢島さんは、倒れたままの私に手を貸して体を起こさせると、疲れたように深いため息をついて、隣に座った。その間にも男の説明が続いていた。時折ヒステリックに問い返す女を根気強くなだめるように男は言葉を続けていた。

「迷惑かけたな」と矢島さんが私に言った。「女は連れてく。籍は抜く。全部忘れてくれ」

「ここに置いておいてもらえませんか。せめて子供が生まれるまで」

矢島さんは笑った。

「言ったろ？　酔った上司と素面《しらふ》のやくざの言うことは、はい、はいって聞いておくもんだ」

「もう三ヶ月もありません。せめてそれくらい……」

「言ったよな？　おっさんのことは好きだが、俺は善人じゃない」

もう一度笑った矢島さんは、もう一度ため息をついた。

「安心しろ。俺たちの都合で事は運ぶが、あれにとっても悪い話じゃないから」

見やると、若い男の説明に女は落ち着きを取り戻し始めていた。

「確かですか？」

「しつこいよ」

最後に男が何かを言った。

わかったか？

そう聞いたようだ。

女は頷《うなず》き、私を振り返ってから、男に何か言った。男が頷いた。女はよろよろと立ち上がり、私のところにやってきた。

「大丈夫か？」

女が私の前に座り、心配そうに私の顔を覗《のぞ》き込んだ。

綺麗《きれい》な瞳《ひとみ》をしている。

初めて気がついた。

「私は、大丈夫だ」

自分を指差し、その鳶色《とびいろ》の瞳に、何度も頷いて見せた。

「君は、大丈夫なのか？」

女を指差した。

私の指を取った女が、両手で手を広げさせた。女はその手を自分の腹に当て、にっこりと微笑んだ。

「うん」と私は頷いた。

女が頷き返した。

「車、使え。俺はタクシーで戻るからいい」

矢島さんが言い、若い男が、ういす、と低く応じた。

バッグを持った女が、若い男に連れられて部屋を出て行った。

鼻がずきずきと痛んだ。手を当てて、当てた拍子に漏れかけた悲鳴をどうにか飲み込んだ。

「ああ、折れちまってるな、それ。早く病院へ行け」

タバコに火をつけて、矢島さんが笑った。

「何が」

鼻の周りが腫《は》れ始めているのが自分でわかった。

「いったい、何があったんです？」

ふう、と矢島さんが煙を吐き出した。

「話したら忘れてくれるか？」

少し考え、私は頷いた。

よっこらせ。

呟《つぶや》いて立ち上がった矢島さんは、流しの脇にあったビールの空き缶を一つ持って戻ってきた。また大儀そうに私の横に腰を下ろす。

「だいたいの業界がそうであるように」

タバコの灰を空き缶に落として、矢島さんは言った。

「うちの業界もピラミッドの形をしている。社長をトップとする組織がいくつも重なってその上のピラミッドを支え、そのピラミッドもいくつか重なって、さらにその上のピラミッドを支えている」

わかるよな、と言うような矢島さんの目線に、私は頷き返した。

「上のほうのピラミッドの一つ。その頂点にアホな親父にアホなところだけがそっくり似たアホな息子がいると思え」

矢島さんが長くタバコの煙を吐いた。

「アホな息子は、親父の傘下の店でポールダンスを踊っている女を見そめた。で、親父に言うわけだ。あのオモチャが欲しい、とな。アホな親父は、ほい、きたってなもんで、息子にオモチャを与えた。そこまでは何の問題もない。どうせ、どうにでもなるオモチャだ」

オモチャ、か。

向かっ腹が立ってから、嫌気が差した。

ついこの前まで、亀と接するつもりでいた自分が、それを蔑《さげす》めはしまい。

「アホな息子はオモチャで遊んだ。オモチャは孕《はら》んだ。孕んだ途端、興味をなくした。壊れたオモチャじゃ遊べないってなもんだ。もういらない。処分してくれと親父に突き返した。突き返された親父は困るわな。海に沈めるか、土に埋めるか。考えてたところに通りかかったのがうちの社長だ。それ、いらないなら、うちで引き取りましょうかと声をかけた」

「なぜ、ですか？」

「使えると踏んだんだよ。オモチャの子とはいえ、自分の孫だ。アホからアホへ代替わりするなら、実の子供だ。親企業の社長一族に対して、いつか使える札になる。そう踏んだんだ」

オモチャの次はジョーカー。

私は頷いた。

女の抱えていた孤独を思った。

「じっと隠し持っていて、一番効果的なときに切るつもりだった。おっさんと一緒にさせて、国籍を取得させたら、女は適当に働かせながら、子供は自分の監視下に置いておく。使う機会がなければ、それはそれで構わない。維持費がかかるわけでもない。うちの社長はそのつもりだった。が、事情が変わった」

「どうして？」

「アホな親父とアホな息子のもとに、どうかあの女をくださいと頭を下げにいったバカがいた。生まれてくる子供は自分の子として育てますから、どうかあの女と一緒になることを許してくださいと。アホ親子にしてみれば、寝耳に水だ。女の生き死にはどうでもいい。けれど、子供は処分したんじゃなかったのか。うちの社長にねじ込んだ。泡食った社長は、すべてをバカの責任にした。バカに処分させたつもりだったが、途中で情を移したらしい。私もまったく知らなかったと、そういう筋書きにした。一度、その筋書きで通ってしまえば、あとはその筋書き通りに演じ切るしかない。落とし前はこちらでつけますからってなもんさ。普通なら、一通り痛めつけて終われる話だが、今回はうちの社長に負い目がある。自分の思惑がばれないよう、落とし前はちょっときついやつになる」

矢島さんは承知ですか？

無意識に言った自分の一言を思い出した。

だから、か。

だから、彼はのこのこ許可を取りにいった。矢島さんにばれても咎《とが》められることがないよう、さらにその上の人間に許しを請いにいった。

私のせいだ。

「あの彼は、若いのは……」

「聞くなよ。俺は答えないし、おっさんは知ったってどうしようもない」

そうだろ、と言われ、私は頷いた。

「さっきの若いやつ」と矢島さんが言った。「そのバカと幼なじみでな」

「じゃ、彼も……」

「ああ。同じ日系四世だ」

言葉が通じたのか。彼と女とは、いったい何を語り合っただろう。あるいはそこに言葉はなかったか。

「女は……」

「国に帰すさ。さすがにアホ親子も国境越えてまで追っかける気はないだろ」

「子供はどうなります？」

「向こうで生まれるだろうよ。シングルマザー。今時、珍しくもない話だ」

矢島さんは手のひらを上にして広げた。

「これで、終わり、ですか」

「ああ、これで終わりだ」

くわえていたタバコを空き缶の中に落とすと、矢島さんはまだ疲れた顔をしたまま、立ち上がった。

「病院、行けよ」

矢島さんは一万円札をその場にひらりと舞わせて、部屋を出て行った。

私の顔を見て、昭子はぎょっとしたように足を止めた。先に立って席へ案内しようとしていた顔見知りのアルバイトの女の子を制して、私は昭子に声をかけた。

「よかったら、一緒にどうかかな」

昭子の瞳《ひとみ》が、瞬時、表情をなくした。やがておずおずと昭子は頷《うなず》き、カウンターの私の隣の席に座った。気配を察したアルバイトの女の子は、マニュアル通りに飲み物の注文を取ることはせず、その場から立ち去った。

「それ、どうしたの？」

わずかに視線を逃がしながら昭子が聞いた。私は鼻のギプスに手をやって、苦笑した。

「ちょっと色々あってね。この顔では客の前に出せないと、シフトを外されたよ。今日はお客だ」

「そう」

別のアルバイトの子が注文を取りにきて、昭子は私の飲み物を見た。

「ウーロン茶」と私は言った。「酒を飲むと痛むんだ」

「それじゃ、私もそれを」

食べ物もいくつか注文し、アルバイトが立ち去ると、昭子は私を見た。私も昭子を見た。

もう関わりたくないの。

ただ疲れたようにそう呟いた昭子の顔が重なった。その日、私が打った頰には今、私の知らない八年間が刻まれていた。老いた。そう思った。昭子の目に私はどう映っているだろう。

昭子が視線を外した。

「恨んでいるわね」

思いがけない言葉に私は戸惑った。

「え？」

「私、翔太を死なせてしまった。恨んでいるでしょう？」

「いや」と私は首を振った。「そんな風に考えたことはなかった」

「私は、あなたを恨んだわ」

昭子は言った。

「あなたがちゃんとしていれば、私たちは離婚しないで済んでいたし、そうすれば翔太が死ぬことはなかっただろうって」

「ああ」と私は頷いた。「そうか。そうだな」

しばらく言葉もなく、私はちびちびとウーロン茶を飲んだ。安いウィスキーのように苦かった。

昭子の頼んだものが運ばれてきた。

卵焼き、鶏と野菜の蒸し物。

「いつもそれなんだな」と私は言った。

それを食べて、最後に焼きおにぎりを一つ。いつも昭子が頼むメニューだった。

「他も試したのよ。でも、どれもしょっぱすぎて」

やっぱり若い人向けなのね、と昭子は笑った。

だったら、どうして何度も足を運んだんだ？

そう聞きかけて、質問の愚かさに口をつぐんだ。

「食べる？」

昭子が聞き、私は首を振った。

「いいよ。ここの味は知ってる」

一瞬、問い返すような顔をしたあと、そうね、と昭子は頷いた。恥ずかしくなった。取り立ててそのつもりはなかったが、これでは、昭子を待っていたと言っているようなものだ。

シフトを外されて一週間、私は毎晩、店にきていた。昭子がくることを期待していた。

「写真」

卵焼きを口に運びかけた昭子が、動きを止めて私を見た。

「一枚、欲しいんだ。一番、新しい翔太の写真」

家を出るとき、私は写真を持ち出さなかった。翔太の写真は、一枚も持っていない。

「送って欲しい」

アパートの住所を書きつけた紙を昭子に差し出した。

女がいなくなり、部屋は私一人になった。もとに戻った。それだけのはずなのに、部屋には穴がぽっかりと開いているようだった。穴を埋めるのは女ではない。私はそれを知っていた。

昭子が紙を受け取った。

「部屋に飾りたいんだ」と私は言った。

一緒に生きていってくれ。

その願いが叶《かな》うことはもうない。けれど、私が翔太と一緒に生きていくことはできる。

この先の人生がどんなに惨めで哀れなものであっても、私はそれを翔太とともに歩く義務があったし、翔太とともに歩きたかった。

「これ、どこなの?」

紙に目を落として、昭子が言った。

「え?」と私は聞き返した。

「今の住まい。教えて。今度、持って行くわ」

「あ、ああ」

私は頷き、住所を書いた紙の裏に、駅から自分のアパートまでの地図を描いた。

「いつでもいいんだ」と私は言った。

「わかってる」と昭子は頷いた。

「ああ、でも、早いほうがいい」

紙をバッグにしまって、昭子は卵焼きを口に運んだ。わずかに首をかしげる。

「レシピ、変えたのかしら?」

「え?」

「卵焼き。前にきたときより、おいしくなってる」

昭子が皿を押し出した。私は卵焼きを一つ取り、頬張った。

「ああ、そうだな」

いつもと同じ味の卵焼きを飲み込んで、私は頷いた。

「おいしくなってる」

残った二切れの卵焼きを一切れずつ食べた。いつもと同じ味の卵焼きは、やっぱりいつもより少しだけおいしく感じられた。

翔太の写真が飾られた部屋。そこに私と昭子がいる。静かに流れる時間の中で、幸せでないことだけをわけ合っているわけではない私たちがいる。

もしそんなときが訪れたとしたら、翔太は笑ってくれるだろうか。一日の出来事を語りかける私に、翔太は微笑み返してくれるだろうか。

わからなかった。

けれど、もしそんなときが訪れたとしたら、翔太が最初に上げた笑い声を私はいつか思い出せる。そんな気がした。

共犯者たち

僕には親父の老後の面倒を見る気などなかった。親父だってさすがにそんな虫のいい思いは持っていないだろうけれど、きちんと確認してみたことはない。

「それじゃどうして？　どうしてわざわざ会うのよ？」

妹にそう聞かれて、僕は言葉に窮した。

「もう五年だっけ？　六年？　毎年欠かさずでしょ？」

僕が言葉に窮したことを察して、妹は言葉を重ねた。

「兄貴って、昔っからそうよね。お人好《ひとよ》しっていうか、苦労性っていうか。そんなだから、白髪が増えるのよ」

三十五を超えて、時折、目につくようになってきた白髪を僕は気にしていた。鏡に見つけるたびに抜いていたのだが、妹はちゃんと気づいていたらしい。思わず髪に手をやった僕を少し勝ち誇ったように見ていた。

意地悪だ、というのが、茜《あかね》に対する大方の同性の見方だ。産んだ母さえそう言う。僕の妻もそう言う。五歳の僕の娘ですらそう言う。そうだね、と頷《うなず》きながら、僕はちょっと茜を弁護してやりたくなる。確かに他人に対する思いやりや細やかさに欠けるところはかなりある。人の欠点を見つけてずけずけと指摘し、困った相手を指差してケラケラと笑う。けれど、それをとっかかりに茜が相手に対して優位に立とうとするとか、他人の地位を貶《おとし》めようと試みるとか、そういうことは一切ない。茜は自分の言葉をその場限りのものとして楽しんでいるだけだ。善意はないけれど、悪意も欠片《かけら》もないけれど、言葉から感じるほどの悪意だって実はない。茜はだからただ、致命的なまでに無邪気なだけなのだ。兄の僕ですらたまに感心するくらい整った顔立ちが、その無邪気さを意地悪さに見せてしまっているということも少なからずあると思う。このまま大人になったらこいつの人生はどうなるのだろう、と学生時代の僕はかなり本気で心配した。そんな僕の心配をよそに、茜はそのまま大人になり、茜の人生はなるようになった。二十五で家電メーカーに勤める普通のサラリーマンと結婚し、翌年の暮れには子供まで産んでみせた。今の僕の心配はもっぱら茜の息子に向いている。こんな母親に育てられて、こいつの人生はいったいどうなるのだろうと。でも、たぶん、それもなるようになるのだろう。四歳になった甥《おい》っ子は今、リビングのソファーで僕の娘と二人、ママゴトをしていた。いや、神妙な顔で、一つ年上の従姉《いとこ》のママゴトの相手をさせられているといったほうが正確か。

はい、どーぞ、とリカちゃんに差し出されたカップを押し頂いたレンくんがコーヒーを丁寧に飲み干していた。

志穂《しほ》と拓真《たくま》から視線を戻して、僕は茜に言った。

「何となくだよ。何となく習慣になっちゃって、やめるきっかけもなかっただけ」

ふうんと頷いた茜は、僕が淹《い》れてやったコーヒーを飲んでから聞いた。

「今は女は？」

「去年に会ったときは一人だったけど、あの人のことだからわからないな」

「手が早い。腰が軽い。口がうまい」

「そうだね」

「ねえ、兄貴はどうしてその才能を受け継がなかったのかな？」

「お前に残しておいたんだろ？」

「あ、そっか、そっか」

茜は頷いて、ケラケラと笑った。小学校から結婚するまで、妹の彼氏を数え出したら、両手ではとても足りない。両足を入れてもまだまだ足りない。僕が把握している限りでも、だ。

このまま一生、ふらふらと男を渡り歩くんじゃないだろうな、という僕の疑念は、幸いにして否定された。付き合ってきた数多《あまた》の彼氏の中で、浩一《こういち》くんを結婚相手として選んだ理由は何だったのか。一度、尋ねたように思うが、茜の答えは忘れてしまった。どうでもいいような理由だったのだろう。

あらあら、こぼしちゃいましたねー。

声に目をやると、リカちゃんがレンくんの胸元を拭《ぬぐ》っていた。そういえば、リカちゃんもよく彼氏を取り替えている気がする。レンくんは何人目の彼氏だろう？

「それが明日《あした》なのね？」

茜が話を戻し、そう、と僕は頷いた。

「何時？」

「昼の一時」

五月の最後の日曜日。午後一時。多摩川《たまがわ》沿いの河原を見下ろす土手。

たぶん、親父は今年も待っているはずだ。

「一緒に行くか？」と僕は茜に聞いた。「拓真も連れてさ」

「勘弁してよ。私はパス」

「まだ怒ってる？」

「怒ってる？」

茜は意外そうな声を上げた。

「怒ってるも何も、ほとんど記憶もないわよ。記憶もないし、興味もない。それだけ」

「そっか」

親父が家を出たのは、僕が十一歳で、茜が七つのときだ。印象が薄くなっていても無理はない。すでに一児の母になっている茜にとって、それはもう「終わった話」なのだろう。

「そういや、時間、大丈夫か？」と僕は聞いた。

もうじき二時を指そうとしている壁の時計に目をやると、茜はハンドバッグから化粧品を出して、メイクを直し始めた。

「拓真は六時ごろには連れにくるから」

「うん」

息子を預かって欲しい。茜からの電話は、今朝、いきなりかかってきた。舅《しゅうと》が軽い手術をしたこともあり、妻はこの週末、一人で実家に戻っていた。娘と二人で過ごす週末というのも悪くないと思っていたのだが、そこに甥っ子が加わったところで特に問題はない。僕は簡単に了解した。

「浩一くんは？」

「ん。会社」

「土曜日に？」

手鏡に向かってまつげをいじっていた茜は、軽く肩をすくめた。

「ここのところ忙しいみたい」

確か商品企画部にいると聞いた気がする。忙しさに波のある部署ではないとも聞いたように思う。いつも人のよさそうな笑みを浮かべている浩一くんの顔を思い出した。茜の前ではくつろげなくて、会社に逃げているのかもしれない。

「それで、お前は何なんだ？　そんななりで、今日はどちらへお出かけだ？」

茜は初夏らしいすっきりとした緑色のワンピースを着ていた。その裾《すそ》の短さは、主婦が着るにはいささか問題があるような気がした。

「昔の友達と会うの」

「昔の、悪い友達？」

「兄貴に言わせりゃ、私の友達はみんな悪い友達でしょ？」

いいか悪いかは知らないが、妹にはだいたいにおいて派手な友達しかいなかった。遊びを覚えたのは、高校に入って間もなくだったか。茜の遊びっぷりを眺めていると、バブルという時代はとっくに終わったのだと教えてやりたくなった。お前が遊ぶその金を、自分と母さんとがどれだけ苦労して稼いでいるかも諭してやりたかった。が、そんなことをしたら、それじゃ自分で稼ぐから、と売春でもしかねない。僕は本気でそれを心配して、請われたら三回に一回は、自分のバイト代からいくらかを茜に回してやっていた。

もう二十年以上も前に家を出た親父は、その日以来、音信不通になった。母さんが養育費を受け取っていたこともないはずだ。親父が家を出て行ってから僕が大学を出て就職するまで、うちの家計が楽になったことは一度もなかった。

「母さんは？　たまには会ってるの？」

「月一か、二くらい」と僕は言った。「訪ねないと機嫌が悪くなる。たまにはお前も顔を出せよ」

「私が顔を出したら、それだけで機嫌が悪くなるわよ」

知ってるでしょ、というように茜は僕を軽く睨《にら》んで見せた。

「昔っから、相性、悪いんだから」

「もういい年だろ？」

「失礼ね。まだまだこれからよ」

「母さんのほうだよ。もう六十三だ。去年、癌もやったし、気持ちが弱くなってる。仲直りしたらどうだ？」

「仲直りって、別に喧嘩《けんか》してるわけじゃないでしょ。単に相性が悪いだけ。正月に孫の顔を見せる。それくらいでちょうどいいのよ」

　年中行事のように言ったが、孫の顔を見せるのだって、毎年じゃない。二年に一度くらいだ。嫁に行った娘、と口では割り切っているが、母さんが本当のところどう思っているのか、僕にもよくわからない。もっとも僕にしても一方的に茜を責める気持ちはなかった。親を必要とする反抗期。母さんは仕事でそれどころではなかった。茜ははけ口を外に求め、遊び歩いた。そこには、家にぎすぎすした空気を持ち込みたくないという茜なりの気遣いもあったように思う。けれど、家を支えるため必死に働いていた母さんがそれを快く思っていたはずがない。茜にしてみれば、娘のことなど考えずに仕事ばっかりの母親。母さんにしてみれば、家のことを顧みもせずに遊び歩いている不良娘。

「さて、それじゃ、そろそろ行くわ。拓真をお願いね」

　化粧品をしまって立ち上がった茜は、何かを言いかけた。僕が目線で問い返すと、曖《あい》昧《まい》に笑って首を振った。

「拓真。ママ、行くからね。いい子で待ってるのよ」

　こちらを見た甥《おい》っ子が立ち上がり、すすっと妹に近寄ると、その足にぎゅっと抱きついた。お出かけの挨拶《あいさつ》だろう。それぞれの家には、親子の間でそれぞれにお出かけの挨拶があるものだ。うちの場合、僕が差し出した手に志穂がぱちんと手を合わせ、それからほっぺにキスをする。

しばらく待っていたのだが、拓真はなかなか茜の足から離れなかった。

「ほら、しーちゃんに笑われちゃうよ」

茜が拓真を足から引き離した。拓真は茜を見上げてにへらーと笑った。茜はしゃがんで目線を拓真の高さに合わせた。

「夕方には迎えにくるから。ね？　今日はレストランでご飯食べようか」

「しーちゃん」

僕は娘を呼んだ。

「天気いいし、たくちゃんと公園にお出かけしよう。何を持って行くか、決めておいて」

テケテケとやってきた志穂は拓真の手を取り、行こう、というようにその手をくいくいと引っ張った。志穂にもにへらーと笑った拓真は、手を引かれて、リビングの隅にあるアクリルのおもちゃ箱のほうへ歩いて行った。

「じゃ、お願いね」

「ああ」

茜と一緒に玄関へ向かった。パンプスを履く茜に僕は聞いた。

「お前、今、薬は？」

足下から僕に視線を上げて、茜は笑った。

「まさか。何年前の話よ」

二十代の初めだった。茜は一時期、気持ちが不安定になり、医者へ通っていた。それを知るのは、たぶん僕だけだろう。母さんも知らない。茜の性格を考えれば、浩一くんにも話していないだろう。二人が知り合う前の話だ。

「うまくいってるのか？」

特段、意味のある質問ではなかった。いってるよ、と茜が気軽に答え、そうか、と僕は笑って、それじゃ、と送り出す。そのつもりだった。けれど、茜は答えず、パンプスに足がつかえたように、顔を伏せてしゃがみ込んだ。

「なあ」

「いってるよ。何？　どうしたのよ、急に」

再び上げた茜の顔は笑っていた。

「いや、いってるならいいんだ」

「うん。大丈夫、大丈夫。これでもきっちり主婦してるんですわよ」

「そう」

「じゃ、行ってくる」

「ああ、行ってらっしゃい」

僕は茜を送り出した。二人の子供が待つリビングに戻りながら、僕は考えた。顔を伏せるその一瞬、茜の顔が泣き出すかのように歪《ゆが》んで見えたのは見間違いだっただろうかと。それから、大丈夫じゃないときに限って、大丈夫、大丈夫と繰り返す茜の癖は、今も直っていないのだろうかと。

同じ子供とはいえ、男の子と女の子では全く別の生き物だ。女の子は自分の話を聞かせたがる。男の子は人の話をまず聞かない。女の子は大人がびっくりするくらい早熟な物言いをする。男の子は大人が笑い出すくらいアホなことをしでかす。

近所の公園。見知ったいくつかの顔と早速遊び始めた志穂に先導され、最初は戸惑っていた様子の拓真も、じきに男の子らしいアホさ度合いを発揮して遊ぶようになっていた。土曜日だというのに、お父さんは仕事なのだろうか。あるいは家で寝ているのか。子供を遊ばせながら、近所の奥さんたちが立ち話をしていた。顔は見知っているものの、さすがにその輪に入るのも気まずく、僕は軽く会釈しただけでベンチに腰を下ろし、遊ぶ子供たちを眺めた。男の子と女の子に分かれ、仮面ライダーとプリキュアが戦っているらしかった。

なるほど、正義を振りかざす両者がぶつかるというのは歴史上よく見られる光景だ。大義に縛られた人間は恐ろしい。

どうやら口では仮面ライダーの分が悪いらしい。一人の男の子が、とお、と跳び蹴《げ》りをした。もちろん、振りだけだ。蹴り出した足は女の子たちにはかすりもせず着地した。

曰《いわ》く、最近の子供は大きい子が小さい子を簡単に叩《たた》く。曰く、最近の子供たちは手加減の仕方も知らない。そんな話を聞きかじった記憶があるが、現実に親になってみれば、そういう場面を見ることはあまりない。むしろ、僕が知る子供たちはみんなよく自制している。男の子同士でさえ、引っぱたき合うシーンは滅多に見かけない。

とお、と次々に繰り出される仮面ライダーたちのキックがプリキュアたちに届くことはなかった。プリキュアたちはその足を冷ややかに眺めながら、必殺技を出すタイミングをうかがっているようだった。

この遊びは長くかかりそうだ。缶コーヒーでも買ってこよう。

僕がベンチから腰を上げたときだ。ライダーキックが女の子の顔面にもろにヒットした。

あらら、やっちゃったよ。

そう思って、その足の持ち主を見た僕は一瞬で青ざめた。拓真だった。しかも拓真は、しゃがみ込んだ女の子に向かって、とどめの一撃を繰り出そうとしていた。

「拓真」

僕は叫んだ。拓真がびくっとしてこちらを見た。僕は慌てて駆け寄り、その頭を引っぱたいた。

「何、やってんだ」

拓真は僕を見上げて、にへらーと笑った。

「エクストリームキック」

「アホか」

僕はその頭をもう一度引っぱたき、泣き出した女の子に声をかけた。

「ああ、ごめんね。痛かったね」

女の子たちは、泣いている女の子を囲んで慰めた。男の子たちは一様に気まずそうな顔をして彼女と拓真を見比べていた。

「ほら、謝れ。ごめんなさいだ」

拓真の腕をつかみ、女の子の前に引き立てて僕は言った。拓真は困ったように僕を見上げた。

「だって」

「だって、じゃない。謝れ」

睨んだ僕に、拓真はまたにへらーと笑った。

「だって、こんなの、遊びだもん」

「そうよねえ、遊びよね。当たっちゃったのよね」

蹴られた子の母親がやってきて拓真に言い、大丈夫よねえ、と娘に言った。女の子は泣きながら母親に抱きついた。

「遊びでも、蹴っちゃ駄目だろ。謝れ」

僕は拓真の頭をまたはたいた。

「蹴るのが遊びだよ」

「何、言ってんだよ。いいから謝れ」

僕は拓真の頭を無理矢理下げさせた。

「どうもすみませんでした」

「いいんですよ。子供のやることですから。こういうこともありますよ」

母親はそう言って、大丈夫よねえ、とまた娘に言った。女の子は涙を拭《ぬぐ》いながら、こくんと頷《うなず》いてくれた。

「おうち帰って、プリン食べようか。ね？」

女の子がまたこくんと頷いた。手を引かれて女の子が公園から出て行くと、僕は周囲にいた母親たちにも頭を下げ、志穂と拓真に言った。

「帰るよ」

まだ遊ぶー、と言いたげな顔をしながらも、志穂は頷いた。女の子は空気を読む。拓真はまだにへらーと笑いながら僕を見ていた。癇《かん》に障る笑い方だった。拓真の人生だってなるようになるのだろうが、あんな母親に育てられて、という心配は、心に留めておいたほうがいいようだ。

家に戻り、しばらく三人でお店屋さんごっこをした。さっき怒られたことなどまるっきり忘れたように、拓真は気前のいいお客さんになっていた。男の子はアホだ。アホだから扱いやすいが、アホだから躾《しつ》けにくいということもあるだろう。女の子しか知らない僕が、母親としての茜を責めるのは酷なのかもしれない。

約束の六時を過ぎても茜は戻らなかった。妻が用意していった夕食があったので、僕が簡単に調理して、三人で食べた。風呂《ふろ》に入る時間になっても、茜は戻らなかった。携帯に電話してみたが、留守電メッセージが応じただけだった。

主婦がたまに羽を伸ばすくらい許してやるべきか否か。拓真の意見も聞いてみることにした。

「たくちゃん」

志穂とテレビを見ていた拓真が僕を振り返った。

「お母さん、一人でお出かけすること、あるの？」

拓真は首をひねった。

「夜に、ママが一人で出かけたりすること、ある？」

拓真は首を振った。

そこまでいい加減ではないということか。だったら、今日くらい勘弁してやろう。

「じゃ、みんなでお風呂入ろうか」

娘の寝る時間をずらすと、僕が妻に怒られる。寝かしつける時間が変わらないなら、そろそろ風呂に入れなければいけない時間だった。三人で入るには手狭なバスルームだが、拓真一人を残していくのもおかしなものだ。

「おじちゃんが、頭洗ってやるぞ」

僕は拓真の頭をシャンプーするようにわしゃわしゃと撫《な》でた。着替えがないのは仕方ない。湯冷めの恐れもあるが、タクシーで帰れば問題ないだろう。

普段は風呂嫌いの志穂も、拓真と一緒、ということでイベント性を感じたようだ。喜々として立ち上がった。

「しーちゃん、トイレ行っておいで。その間にたくちゃんは服を脱いでような」

トイレの電気をつけ、志穂を入れた。拓真を連れてその横のバスルームに入る。

「はい。ばんざーい」

拓真が両手を挙げ、僕は長袖《ながそで》のTシャツを一気に脱がせた。その途端……。

「え？」

思わず、声が出てしまった。きょとんと拓真がこちらを見返した。その体にはいくつかの痣《あざ》がくっきりと残っていた。二の腕。脇腹。太もも。背中にも。

「お前、これ、どうした？　どこか、ぶつけたのか？」

ぶつけてできる痣ではなかった。わかっていたけれど、僕はわかりきった結論から咄《とっ》嗟《さ》に逃げようとしていた。

拓真が困ったように僕を見ていた。答えに窮しているのではなく、何を聞かれているのかがわからないようだった。困り果てた拓真がにへらーと笑った。

息を吸い込んで、僕は覚悟を決めた。

「誰に叩かれたの？」

拓真は首を振った。

「叩かれたんだよね、これ。ぶつかってできる痣じゃないよね？」

「叩かれてないよ」と拓真は言った。

「いいよ。嘘つかなくていい。言ってごらん。誰に叩かれた？」

「蹴《け》られたの」

「そう。叩かれたんじゃなくて、蹴られたんだね？　誰に蹴られたの？」

優しく言っているつもりでも声が震えた。僕の顔は引きつっていたと思う。拓真は怯《おび》えたように首を振った。

「蹴られたんだろ？」

「だって」

拓真はもじもじしながら言った。

「だって、何だ？」

「蹴るのが遊びだから」

言葉を失った。

蹴るのが遊びなんだよ。

そう言いながら、いっそ笑いさえしながら、蹴ったのか。こんな小さな子供を。こんなに痣ができるまで。

僕は唇を噛《か》んだ。聞きたくなかった。けれど、聞かなければならなかった。

「誰が言ったの？　蹴るのが遊びだって、誰が言ったの？」

拓真はひどく困ったような顔でぽつりと言った。

「ママ」

パパー。

トイレから聞こえてきた娘の声がなかったら、僕は拓真を抱き締めて泣き出していたかもしれない。

「うんちも出たー」

「ああ、ちゃんとお尻《しり》も拭《ふ》くんだぞ」

志穂に言い返しながら、僕は脱がせたTシャツを拓真に着せた。

「お風呂はやめよう」

トイレから出てきた志穂にもそう言い聞かせると、三人でリビングに戻った。二人を抱え込むようにしてソファーに座り、志穂がお気に入りの海に迷い込んだお化けの絵本を読んでやった。携帯はすぐ手の届くところに置いておいたが、鳴ることはなかった。九時になる前に、二人を連れてベッドルームへ行き、いつもは三人で寝るダブルベッドに二人を寝かしつけた。しばらくは突《つ》き合ったりくすぐり合ったりしていたが、志穂が先に寝てしまうと、拓真もすぐに眠りに落ちた。ベッドサイドのランプのくすんだ明かりの中、クスーと寝息を立てながら、鼻をぴくぴくさせている拓真の寝顔を僕は眺めた。

まだ四歳だ。布団からはみ出ている腕も足も、力を入れれば折れてしまいそうなほどか細かった。それは抱き締めるべき体だった。包み込み、守ってやるべき体だった。暴力を振りかざしていい体では断じてなかった。僕は布団をかけ直してやってから、ベッドルームを出た。リビングへ戻り、携帯を確認してみたが、妹からの連絡はやっぱりなかった。

ダイニングテーブルに肘《ひじ》をついて、頭を抱えた。こんなとき、誰に相談すればいいのかわからなかった。

警察？　まさか。

酒を飲みたい気分だったが堪《こら》えた。しばらく迷ってから携帯を取り、浩一くんの携帯に電話した。

「お義兄《にい》さん」

浩一くんが意外そうな声を上げた。番号は知っていたが、浩一くんの携帯に電話するのは初めてだった。まだ家ではないようだ。背後から何人かの人の声が聞こえてきた。

「今、忙しいかな？　まだ仕事？」

「ええ。会社ですけど、大丈夫ですよ」

浩一くんが席を立ち、どこかへ移動する気配が伝わってきた。

「どうかしましたか？」

「拓真を預かってるんだ」

「え？　茜が？」

どうやら話を聞いていないらしい。

「うん。預けていった。夕方には戻るって話だったんだけど、まだ戻らないんだ。携帯もつながらなくて」

「ああ、それはお世話をかけまして申し訳ありません。あの、拓真は？」

「うん。もう寝てるよ。今夜はうちに泊めてもいいんだけど……」

ちょっと話したいことがあるんだ。

僕がそう言う前に、浩一くんが慌てたように言った。

「いや、それではあまりに申し訳ないです。今からすぐに迎えに行きます」

「仕事はいいの？」

「いいんです、いいんです。あの、すぐにうかがいますので。ああ、すぐっていっても一時間はかかっちゃうかもしれませんが。あの、でも本当にすぐに行きますので。ああ、本当にっていうのは、だから、できるだけ早く行きますので」

「そんなに急がなくてもいいよ。それじゃ、待ってるね」

「はい、本当に申し訳ありません。すぐにうかがいます」

やたらと恐縮しながら浩一くんは電話を切った。

手持ちぶさたになりテレビをつけてみたが、明るい話題のないニュース番組は気が滅《め》入《い》るだけだった。芸のないお笑い番組は腹立たしくなるだけだった。その間にも茜の携帯に電話してみたが、やっぱり茜は出なかった。

浩一くんは十時前にやってきた。

「お久しぶりです。この度は、本当にご迷惑をおかけしてしまって」

ずんぐりした体をひょこひょこと何度も折り曲げて、浩一くんは言った。

「いや、それはいいんだ。たいしたことじゃない。まあ、上がってよ」

僕はスリッパを差し出した。

「コーヒーでいい?」

「ああ、いや、そんな。とんでもないです。お休みのところを。奥様にもご迷惑でしょうし、すぐに帰りますので」

「好恵《よしえ》は今、実家に戻ってる。お義父《とう》さんが手術をしてね」

「ああ、それはご心配でしょう。そんなときに図々《ずうずう》しく拓真を預けたりして、本当に申し訳ないです」

「まあ、上がってよ。ちょっと話したいことがあるんだ」

僕の気配を察したのだろう。訝《いぶか》しそうな顔をしながらも、浩一くんは僕のあとについてきて、すすめられるままにダイニングの椅子に腰を下ろした。

浩一くんと二人きりになるのは初めてだった。ずんぐりした体に団子っ鼻。いつもどこか申し訳なさそうにおどおどしている。弱気なジャイアン。小学校時代のあだ名だそうだ。それを聞いたとき、吹き出すのを堪えるのに苦労した。争うくらいなら頭を下げる。というより、いささか前に頭を下げる。優しいのだ。それはたぶん、育ちのよさからきているのだろう。僕はそう思う。浩一くんのご両親には結婚式のときに挨拶《あいさつ》しただけだが、大手の証券会社を勤め上げたというお父さんも、息子にそっくりの鼻をしたお母さんも、どこかおっとりとした、柔らかな雰囲気を持っていた。そんな家庭で育った浩一くんのことだ。これまでだってずいぶん茜に気を遣ってきたのだろう。追い打ちをかけるようで何だか申し訳なかったが、黙っているわけにもいかなかった。浩一くんの向かいに座り、僕は切り出した。

「妹とはうまくいってるのかな？」

　ふっと浩一くんの表情がかげった。

「茜が何か言ってたんですか？」

「いや、何も言ってない。ただ」

　言葉を選ぼうとしたが、他でもない、夫で父親だ。繕っていても仕方がなかった。

「拓真を風呂《ふろ》に入れようと思ったんだ。服を脱がせたら、痣《あざ》があった。ぶつけてできた痣じゃない。茜がやったんだ」

　言っていることが理解できない。そんな顔でしばらく浩一くんは僕を見た。

「拓真が？」とやがて浩一くんは言った。「拓真がそう言ったんですか？」

　僕は頷《うなず》いた。浩一くんは深いため息をついて、首を振った。何度も首を振り続けた浩一くんは、やがてテーブルにつくぐらい深々と頭を下げた。

「すみません」と浩一くんは言った。「実は家を出ています」

「え？」

「先週から、僕は実家に戻っています。ちょっと距離を置いて、時間をかけて話し合おうと思ってたんですが」

「何かあったの？」

「そういうことではなく、ここ一年くらい、うまくいってなかったんですよ。僕ら」

僕が悪かったんです、と浩一くんはうなだれた。

「ちょっとしたことでヒステリーみたいに気分が荒れるときがあって。それを僕がうまく受け止めてあげられなくて。近くにいればかえって茜の気持ちを乱してしまいそうで、それで僕は家を出ていました。拓真を置いていったのは間違いでした。このまま実家に連れて帰ります」

お義兄さん。

顔を上げた浩一くんは改まって言った。

「僕は茜とやり直すつもりです。けれど、茜がどう思っているのかわかりません。もし離婚ということになったら、親権の話も出ると思います。そのとき、今の話を証言してもらえますか？」

僕は言葉に詰まった。

「拓真のためです。茜のためでもあります。今、二人で暮らすのは、二人にとって不幸です。幸い、うちは両親とも元気です。仕事も引退してますし、僕が会社へ出かけても、拓真は不自由することもないし、寂しい思いをすることもありません。しばらくは僕の手元で育てます。茜が落ち着いたら、そのときに考えるつもりです」

「でも」

「もちろん、万一、離婚ということになったら、という話です」

茜から拓真を取り上げる。それに手を貸せと浩一くんは言っている。そんなことをしたくはなかった。けれど、どう考えても、浩一くんの言っていることに間違いはなかった。

「わかったよ」

「お願いします」

ベッドルームへ行くと、浩一くんは寝たままの拓真をそっと抱き上げた。一度、おでこに口をつけると、拓真を起こさないように気をつけながら帰って行った。

茜から電話がかかってきたのは、二人が帰った直後だった。

「ごめんね、遅くなっちゃって」

声が素面《しらふ》ではなかった。

「どこにいる？」

「今、電車に乗るとこ。十一時過ぎにはつけると思う。拓真は？　もう寝ちゃった？」

「浩一くんが連れて帰った」

電車のやってくる音が聞こえてきた。

「ごめん。何て？」

「浩一くんが連れて帰った」と僕は繰り返した。

しばらく茜からの返事はなかった。

「どうして？　どうしてそんなことに……」

「俺が電話したんだ。お前の帰りが遅いから」

「そんな、勝手な」

「勝手はどっちだ。こんな時間まで遊び歩いて。ああ、まあ、それはいい。とにかく、こっちにこい。話がある」

茜からの返事がないまま、電話は切れていた。


角を曲がると、風の中に獣の匂いが混じった。志穂はつないでいた僕の手を放して、駆け出した。志穂が門にたどり着くと、歓迎するような犬の鳴き声が辺りに響いた。僕が門にたどり着いたときには、志穂はすでに庭で五匹の犬の手荒い歓迎を受けていた。

「いらっしゃい」

玄関先から庭の志穂を見ていた母さんが、僕に目を向けて言った。

「増えた？」と僕は聞いた。

「ああ。先々週、気づいたら一匹増えてた。誰かが、勝手にうちの庭に捨てていったみたい」

母さんの家は、近隣では有名な犬屋敷だ。殺処分される予定だった犬を一匹引き取ったことが始まりだった。クーちゃん引き取って、ケイちゃん引き取らないわけにもいかないでしょ、というその理屈を押し通すなら、もちろん、ムクちゃんも、キャラくんも、バロンさんも、引き取らないわけにはいかない。

「全部で、今、何匹よ」

「十六」

ご近所のこともあるのだから、と言いかけてやめた。十五匹だろうが、十六匹だろうが、ご近所さんにとってはたいして変わりはないだろう。近いうちに、またもう一度、手土産を持ってご近所を回ってこよう。

僕らが話している間にも、家の中から小型犬の甲高い鳴き声が響いていた。

「じゃ、頼んだよ」

僕は母さんに言って、志穂にも声をかけた。

「パパ、すぐ迎えにくるからな」

昨日のことを母さんに話すつもりはなかった。それでなくても、去年、手術をしてから気が弱くなっている。育て方が悪かったと自分を責めかねない。

バロンさんと押しくらまんじゅうをしていた志穂が僕に向かってバイバイをした。

突っかけを履いた母さんが門のところまで僕を送った。

「連れてってあげればいいのに」

志穂にちらりと目を向け、母さんは言った。

「いいんだ。あんまりなついても困る。あの人、調子いいから、妙に子供受けする」

「自分の父親をあの人って」と母さんは軽くぼやき、首を振った。「よろしく伝えて」

年に一度、僕が親父と会っていることを母さんは知っている。特に隠すつもりもなく、僕が自分から話した。それは親父にも話してあるが、どちらからも、よろしく、という以上の伝言を受け取ったことはない。

「体は、どう？」

「この前の検査も異常なし。大丈夫よ。ありがとう」

「うん」

僕は電車に乗り、いつもの河原へと向かった。

六年前の再会は偶然だった。一人で買い物に出かけた日曜日、電車から漫然と外を眺めていた僕は、通り過ぎる河原に座っている男に目を留めた。男は景色と一緒にすぐに後ろに流れていった。

まさか、な。

そうは思った。もう二十年近く会っていないのだ。面影もおぼろだった。それでも気になった。僕は次の駅で降り、電車から見えた河原へ向かった。

男は同じ場所にいた。河原へ下る斜面の途中、後ろ手に手をついて座る男を僕は背後から見つめた。頭頂が薄くなった髪を短く刈り込んでいた。時折、ほぐすように首を左右に大きく傾げていた。後ろからでは顔はわからなかった。それでも僕にはわかった。あれは、親父だと。それは勘などという不確かなものではなかった。

僕は近づいていって、男の脇に立った。気配に男が僕を見上げ、日差しに目を細めた。驚き、言葉を失うか。それとも慌てて逃げ出そうとするのか。いっそ泣き出すか。親父の反応は、僕が予想したどれでもなかった。

「おお」

僕を認めると、まるで今朝別れたかのように気軽に手を上げた。その脳天気さに、一瞬、唖然《あぜん》とし、すぐに向かっ腹が立った。無視して通り過ぎてやろうかと思った。が、できなかった。電車から見ただけで親父だと察した自分。一目見ただけで疑いもなく僕だとわかった親父。そのことに僕は少しだけ感動していた。にやっと笑いかけた親父に、思わず笑い返してしまった。

僕は親父の隣に座り、聞かれるままに今の暮らしぶりを話した。勤めている会社のこと。自分が結婚したこと。もうじき子供が生まれること。茜が来月結婚する予定であること。

「そうか。孫か」と言って、親父は独り言のように呟《つぶや》いた。「顔、見てえな」

顔、見せてくれよ。

ストレートにそう頼まれていたら、また違っていたかもしれない。けれど僕は、その言い方にずるさを感じた。そうなれば、親父の隣に座っていることも、会話を交わしたことも、腹立たしくなってきた。

「機会があったらね」

冷たく突き放して、親父と別れた。連絡先さえ聞くことはしなかった。

翌年の五月の最後の日曜日。再び河原を訪れたことに、さほどの意味はなかった。出産以来、否応《いやおう》なく赤ん坊につきっきりになっている妻に、少しくらい一人の時間をあげようと、ベビーカーを押して軽い散歩のつもりで家を出た。それがちょうど一年前だったことと、そのときの親父の呟きとを思い出し、僕は河原へ向かった。どこかに罪悪感があったのかもしれない。

いるわけがない親父がそこにいて、僕は驚いた。

「あれから毎日?」

「そんなわけねえだろ」

ベビーカーにいる志穂のほっぺをつついて、親父は笑った。

「ここ一週間くらいだ」

翌年のその日、妻は美容室の予約を入れていた。その翌年のその日は、学生時代の親友の結婚式だった。ただの偶然なのだが、志穂と二人だけになり、僕は河原へ足を向けてしまった。親父は二回ともそこで待っていた。四回続けば、殊更、言葉で確かめなくても、それはもう約束だろう。その翌年も去年も、妻に特に予定はなかったが、「今日はお義父《とう》さんと会う日でしょ」と家を送り出された。

「一緒に会ってみる？」と聞いた僕に妻は笑った。

「あなたがその気になったら、きちんとうちにご招待して」

今年も親父は河原を見下ろす土手で僕を待っていた。河原はサッカーグラウンドになっていて、小学生と思《おぼ》しきチームが試合をしていた。その試合に野次を飛ばしている親父の隣に僕は腰を下ろした。

「どっちを応援してるんだ？」

「勝ってるほう」

「どっちが勝ってる？」

「知るもんか」

「何だよ、それ」

苦笑した僕にちらりと視線を向けた親父は、河原のほうへ視線を戻してから言った。

「別れんのか？」

「はあ？」と僕は聞き返した。

「死にそうなゾンビみたいな顔してんぞ」

「そんなややこしい顔はしてない」

「奥さんとうまくいってないんだろ？」

「どうしてそうなる？」

「お前みたいなちっちゃい男がしけた面をするのは、仕事か家庭、どっちかがうまくいってないときだ。家庭じゃなけりゃ、何だ、会社が潰《つぶ》れんのか？」

「このデフレのご時世、社長以下、一丸となって涙目で働いてるんだ。勝手に潰すな」

「社長、涙目なのか？」

「毎日、うるうるしてる」

「長くねえな」

「傾きかけた城を必死に守ろうとしてるんだ。立派な男だ」

ハハ、と笑った親父は、あ、と声を上げて、僕を見た。

「今のは俺に対する遠回しの皮肉か？」

「ストレートな嫌味だよ」

ハハ、とまた親父は笑った。六年前に再会して以来、一緒に暮らしていたころの話をしたことはなかった。お互いがどこかでそれを避けていた。今回も親父がすぐに話を逸《そ》らした。

「しーちゃんは？」

「母さんに預けた」

「何だよ。お前、一人かよ」

僕はジャケットのポケットを探り、折り畳んだ二枚の一万円札を取り出した。親父は無言で受け取った。

親父は今、職には就いていなかった。最初に会ったときにそう聞いたし、その後、勤め始めたという話も聞いていない。かつては腕のいいセールスマンだった。不動産、中古車、健康食品。売るものはころころ変わったが、それなりの稼ぎは上げていたはずだ。親父がいたころ、うちがお金に困っていた様子はなかった。

天職、という言葉を初めて教えてくれたのは、母さんだった。

「口だけは天才的にうまいから。セールスはお父さんの天職」

飛び出したフォワードがオフサイドを取られて、攻め込んでいた赤いユニフォームが自陣へと戻っていった。僕らに背を向けている一群の、右手が赤いユニフォームの家族で、左手が白いユニフォームの家族らしい。小学生のころ、僕も地元のサッカーチームに入っていた。親父とボールを蹴《け》ったことが何回あっただろう。休日でも、親父が家にいることはあまりなかった。

「どうしたんだよ?」

再開された試合を眺めながら親父が聞いた。

「茜が、ちょっとね」

「どうした?」

僕はため息をついた。親父に話してどうなるものでもなかった。どうなるものでもなかったけれど、どこかに鬱屈《うっくつ》を吐き出したかった。今日、志穂を連れてこなかったのはそのせいだ。

「昨日、拓真を預かった。風呂《ふろ》に入れようとして、服を脱がせたら、痣《あざ》があった。茜に蹴られたらしい」

「何？」

「痣」

「痣？」

「幼児虐待」

口にした言葉に現実感がなかった。親父も耳にした言葉に現実感が湧かなかったようだ。僕をぽかんと見返した。

一際上がった歓声に目を向けると、先ほどオフサイドを取られたフォワードが、今度はうまくディフェンダーの裏を突き、キーパーと一対一になっていた。フォワードがボールを蹴った。ふわりと浮いたボールがキーパーの手をかすめて、ゴールネットを揺らした。

ループシュート。

僕も試合で一度だけ決めたことがある。それを教えてくれたのは、親父ではなかった。いつも一人でボールを蹴る僕に同情したのだろう。当時、近所のアパートに住んでいた大学生のお兄さんが教えてくれた。大学生ということで時間があったのだろうか。一時期、彼は放課後つきっきりで僕にサッカーを教えてくれていた。夕暮れの校庭。キーパー役をしてくれたお兄さんの手をかすめてゴールネットを揺らしたボールの軌跡は、少年時代の数少ない大切な思い出の一つだ。

「そんなわけあるかよ。あれは優しい子だぞ」と親父は言った。

日曜日の試合。ゴールを決めた僕を称《たた》えてくれる家族は、グラウンドにはいなかった。まだ家を出る前だったが、親父がその手の行事に参加することはなかった。その日、母さんは何をしていたのだろう。覚えてはいないが、そこにこないことは了解していた。僕が咄嗟《とっさ》に探したのは、二人の顔ではなくその大学生のお兄さんの顔だった。けれど、もちろん、彼もそこまで親切ではなかった。

記憶の中の小さな孤独。

人に話すほどのものではない。たぶん、同じものを茜もいっぱい抱えているのだろう。

「知った風に言うね」

親父に返した言葉には、僕自身が予想しなかったほど棘《とげ》があった。

「まあ、そうだな」と親父は笑った。「でも、優しい子だ」

「知ってるよ」と僕は頷《うなず》いた。「本当は優しくて、本当は傷つきやすい。もろいんだ。見かけよりずっと」

「だから、息子に、か？　信じられねえな」

のうのうと言う親父に、むっとした。

「わからないんだよ。家族ってやつが、家庭ってもんが、よくわからないんだよ。困っても、迷っても、頼りになる記憶がないんだよ。俺だってそうだった」

気づくと僕は声を荒らげていた。親父は平然と僕を見返した。

「それが、俺のせいだとでも言うのか？　離婚した親のせい？　冗談だろ？」

僕が目を逸らしたのは、自分の誤りを認めたわけじゃない。その子供っぽい言い分に自分で恥ずかしくなっただけだ。けれど、その気恥ずかしさも含めて、親父に反論されるいわれはなかった。親父にだけはそのいわれはないはずだった。

「親だろうが」

僕は吐き出した。

「親だよ」と親父は頷いた。「親だからよ」

親だから何なのか、親父が言葉を続けることはなかった。

僕はぽつぽつと昨日の出来事を喋《しゃべ》った。親父は口を挟むこともなく、僕の話を聞いていた。すべてを語り終えても、気分が軽くなることはなかった。僕らはもう家族じゃない。終わっているのだ。親父に話したところで気分が軽くなるわけがなかった。期待していた自分の甘さにため息が漏れた。

それから試合が終わるまで、漫然と二人で河原を眺めた。試合が終わると、親父が立ち上がった。

「これ」

脇に置いていた紙袋を僕に突き出す。受け取って、僕は親父を見返した。

「しーちゃんに」

紙袋を覗《のぞ》いてみると、安っぽいプラスチックのオモチャが入っていた。砂場で使うシャベルやら小さなバケツやらのセットだった。一年前の志穂なら喜んだだろう。

「ありがとう。喜ぶ」

「うん」

親父は頷いて、少し言葉を探した。

「それじゃ、また来年」と僕は言った。

「ああ」と親父が頷いた。

「何かあったら、電話しろよ。病気とか、事故とか。携帯、わかってるよな?」

「ああ。わかってる」

「変な遠慮するなよ」

「ああ」

それじゃ、と言い合って、僕は親父と別れた。


好恵は翌日に帰ってくる予定だった。朝は僕が志穂を幼稚園に送り届けてから会社に行く。お迎えには戻った好恵が行く。そういう手はずになっていた。

志穂を寝かしつけ、もう二ヶ月も読みかけのままのミステリーを読みながら水割りを一杯だけ飲み、自分もそろそろ寝ようかと思ったとき、携帯がぶるぶると震えた。十一時を回っていた。咄嗟に考えたのは、好恵のことだった。義父の容態が変わったのか。

そう思って慌てて取り上げた携帯には知らない番号が表示されていた。

出てみると、相手は警察官だった。

不審者を職質し、交番に連れてきた。不審者は身元照会先としてこの番号を教えた。

夜中の電話にすまなそうに警官は言った。迎えにきちくれー、と背後で叫ぶ声がなくたって、不審者の身元くらい僕にもわかった。

「父親です」と僕は言った。「とにかく迎えに行きます」

寝ている志穂を一人にするわけにもいかず、母さんに電話した。簡単に事情を説明すると、母さんが乗ってきたタクシーで僕は交番へと向かった。高級住宅街の代名詞のように言われる場所だった。家からさほど遠くはないが、これまで縁はなかった。

駅前の交番に顔を出すと、にやけた親父と、仏頂面の年かさの警官と、困り果てた顔をした若い警官がいた。

不審者と言っても、大声を出していたわけでも、裸で踊っていたわけでもないらしい。通りかかった警官をからかい、軽い口論になったようだ。

「うちのも結構、強情なもので」

もう一人いた年かさの警官の耳に入らないよう、若い警官が僕の耳に囁《ささや》いた。彼と三度ずつ頭を下げ合って、僕は親父を連れて交番を出た。

「そりゃ、まあ、何かあったら電話しろとは言ったけど」と僕は言った。「今日の今日で、しかも交番からって、何のつもりだよ。勘弁しろよな」

先を歩く親父はへへへと笑っただけだった。

「何してたんだよ、こんなとこで」

「いいんだ、いいんだ、気にすんな」

後ろ手に手を振った親父は、三歩で立ち止まった。

「いや、よくねえか」

振り返って僕をじろじろと見る。

「何？」

「お前さ、もうちょっと太っとけよ」

「はあ？　何？」

「体重、何キロ」

「六十八」

使えねえ男だ、と呟《つぶや》いた親父は、面倒臭そうに首を振った。

「まあ、いいや。他に人手もねえ。明日《あした》、夜十一時な。ここにこい」

そんじゃな。

親父は言って、さっさと歩き出した。終電はもうないはずだったが、どうやって帰るつもりなのかを聞く気にもなれなかった。僕はまたタクシーで家に帰った。

「あ、おせんべい、もらったわよ」

母さんはお茶を飲みながら、テレビでテレフォンショッピングの番組を見ていた。志穂を起こさないようにだろう。音はずいぶん絞ってあった。

「それで？」

僕にお茶を淹《い》れると、母さんはテレビを消して聞いた。

「だから、親父が不審者ってことで交番に引っ張られた。何てことないんだ。すぐに帰してもらえた」

そういうことは聞いていない。

母さんはそう言うように微笑んだ。

「それで？」

「それでって？　それだけだよ」

「それだけにしては、ひどく疲れて見えるわよ？」

僕は苦笑して、湯飲みを手にした。母さんもお茶を飲み、じっと僕を見つめた。

「それは親父のせいじゃない」

どうせ黙っていたところで、いずれはわかることだった。僕は言葉を選びながら、母さんに茜のことを話した。痣《あざ》の話はしなかった。ちょっとした事情があって、茜と浩一くんが別れて暮らしていること。拓真は当面、浩一くんと暮らしたほうがいいだろうということで、今は浩一くんの実家にいること。

「そう」

呟いてしばらく考えた母さんは、やがて何かに納得したように頷《うなず》いた。

「ああ、そういうこと」

「そういうことって?」

母さんが腕を伸ばし、僕の頭を引き寄せた。

「あなたは素直すぎるし、人がよすぎる」

こつんと僕の頭に母さんはおでこをぶつけた。

「もう少し、したたかになりなさい」

母さんは頭を離して、僕の目を覗き込んだ。

「あの、えっと、何?」

「何でもないわよ。帰るわ。タクシー呼んで」

タクシーを呼び、母さんにタクシー代を渡して家に帰した。予想外の出費だった。


朝、志穂を幼稚園に送り届け、僕は会社へ向かった。

もう電車に乗った。志穂の迎えには間に合うから、心配しないで。

妻からのメールは十時に届いた。親父からの電話があったのは、夕方の六時。外回りを終え、駅から会社へと戻る途中だった。

また何かやらかしたのか。今度は本当に何かあったのか。

歩道の脇に寄り、携帯を構えた僕に、親父はのんびりと言った。

「お前、昨日の約束、覚えてるよな?」

「約束？　夜十一時って、あれ？」

「ああ。覚えてりゃいいんだ」

じゃな、と電話を切りかけた親父に、僕は慌てて言った。

「行かないよ」

「どうして？」

「どうしてって、なあ、こっちが聞きたいよ。どうしてそんな時間にあんなとこに行かなきゃいけないんだ？」

「だから、そのときちゃんと説明すっから。こいよ」

「行かないよ」

「いいから、こいよ」

「やだよ」

「お前、たまには親父の言うこと……」

言いかけて親父は言葉を飲み込んだ。背後の車道で、バスが長くクラクションを鳴らした。

「たまには何だって？」と僕は言った。「たまには親父の言うこと？　親父の言うこと聞けって？　たまにはじゃなくたって、聞いてあげたさ。側にいる親父の言うことならね。ただ、ほら、俺、親父の声の届く場所にはいなかったから」

意地悪な気分になっていた。

「何か言ってたなら、悪かったよ。何せ、聞こえなかったからさ。そりゃ、言うこと聞きようがないだろ？」

「一度でいい」

親父の苦しげな声に、僕は軽口を止めた。

「今回だけでいい。きてくれ。頼む」

そうしていたのかどうかは知らない。けれど、携帯を耳に当て、虚空に向かって深々と頭を下げる親父を僕は想像してしまった。

「わかったよ」と僕は言った。

「ありがとう」

親父の声が聞こえ、電話が切れた。しばらくその携帯をもてあそんでから、今日の夕飯はいらないと告げるために好恵の携帯に電話した。


昨日別れた場所で親父は僕を待っていた。グレーのパーカも、だぼっとしたジーンズも、けさがけにかけたショルダーバッグも、笑えるくらいに似合っていなかった。

「何？」

僕が聞くと、親父は先に立って歩き出した。夜の十一時を回った住宅街。どの家も道路とは広い庭を挟んでいるせいで、道を照らすのは点在する街灯だけだった。暗い夜道を十五分ほど歩いて、親父は角を曲がり、曲がった角に身を寄せた。

「あれ、見えるな？」

角からひょこりと頭だけを出し、親父はその先にある家を指した。高い鉄の門の向こうに、偉そうな顔のセダンが停まっていて、芝生が敷かれた広い庭があった。

「あれって、あの家？」

「そう」

「誰んち？」

「表札、読め」

簡単に読める距離でも明るさでもない。僕は顔を突き出し、目を細めた。どうにか、時田《ときた》、と読めた。

「時田って、あ、浩一くんの？」

「実家だ。きたことねえのか？」

「あるわけないだろ」

妹の夫の実家になんて行く機会はない。携帯の番号を知っていれば、浩一くんとはいつでも連絡は取れる。

「行くぞ」

親父は僕の胸をどんと叩《たた》くと門に向かって歩き出した。僕は慌てて引き止めた。

「こんな時間に、非常識だろ」

「常識だろ？」と親父は言い返した。「盗人《ぬすっと》が忍び込むのは、だいたい夜中って相場が決まってる」

親父は僕の手を振り払って、また歩き出した。

「盗人？　え？」

「ほら、ちょっとこい」

門の前で親父が手招きした。

「昨日の夜調べたところによれば、だ。この家には大型犬が二匹いる」

「昨日の夜って、それを調べてたのか？」

「ああ、あの二匹」

鉄の柵《さく》の向こう、のそりと影が動いた。影は車を回り込むように近づいてきて、二匹の犬になった。ジャーマンシェパードとドーベルマン。

「門に鍵《かぎ》はかかってないんだけど、入ろうとするとだな、あいつら、途端に目つきが悪くなる」

親父が門に手をかけた途端、二匹の犬は頭を低くしてこちらを睨《にら》みつけた。ドーベルマンは微《かす》かなうなり声を上げている。親父は僕の背中を押して門から離れ、またもとの角の陰に戻った。二匹は姿勢を戻したが、それでも疑《うたぐ》り深そうにこちらを見ていた。

「番犬としてはなかなか優秀だ。そこで、だ。俺が門を開けるから、お前、入れ」

「は？」

「入ったら、あっちに向かって駆け出せ」

親父は庭の左手のほうを指差した。

「たいしてうまくはなさそうだが、駆け出せば追ってくるだろ。その間に、俺が家に侵入する」

「何？」

「陽動作戦だな、言ってみれば」

「ちょっと、ちょっと待て。さっきから何の話だ？」

「安心しろ。お前の犠牲は無駄にはしない」

「いや、犠牲って、だから、時田さんの家に忍び込んで、盗みって、何だよ、それ。何を盗むんだよ」

「決まってんだろ。拓真だ」

「拓真？」

「母親のもとに帰すんだよ」

「帰すって、だって、なあ、親父」

親父のやろうとしていることをようやく理解して、僕は深々とため息をついた。

「あのさ、今は別れて暮らす時期なんだよ。茜にとっても、拓真にとっても、今、一緒にいるのはよくないんだ」

「何だよ、それ」と親父が言った。「お前、自分の妹を信じてないのか？」

「信じるとか、そうじゃなくてさ」

「自分の息子を痛めつけるような子じゃねえ。俺は茜を信じてる」

親父が強く僕を見返した。その視線に、一瞬、目を逸《そ》らした。

「あんたが何を知ってるんだよ」

口に出した途端、頭で何かが弾けた。

僕は親父の胸ぐらをつかんでいた。

「茜の何を知ってる？　七歳の茜は、そうだったろうよ。自分の息子を蹴《け》り飛ばすような子じゃなかっただろうよ。けど、それからどれだけ時間が経ってると思ってんだ？知った風な口をきくなよ」

親父は僕の目をじっと覗《のぞ》き込み、ぼそりと言った。

「わかった。もういい」

親父は僕の手を払いのけた。

「帰れ」

親父は一人門に向かって歩き出した。

「何やってんだよ」

僕は親父の肩をつかんだ。親父が体を揺すって、その手を外した。もう一度、強く肩をつかみ、親父を振り向かせた。考えるより前に体が動いていた。僕は親父の顔面を思いっきり殴りつけていた。親父が地面に転がった。

しばらくどちらも動かなかった。こめかみと、親父を殴りつけた右手がじんじんと痛んだ。やがて親父がゆっくりと体を起こした。僕らは言葉もなく睨み合った。

ワン。

犬の鳴き声に目をやった。ジャーマンシェパードが僕らに向かって吠《ほ》えたところだった。それに釣られてドーベルマンも鳴き声を上げた。威嚇するような二匹の鳴き声が三回ずつ、深夜の住宅街に響き渡った。

惨めな気分だった。

広々とした家が建ち並ぶ住宅街。どの家も、幸福な時間を刻んできたように見えた。そこには、家族を置いて家を出てしまう父親はいないだろう。四歳の息子を痣《あざ》ができるまで蹴りつける母親もいないだろう。いい年をした親父に向かって拳《こぶし》を振るう息子もいないだろう。

僕は近づいて、親父に手を差し出した。

「帰ろう。こんなとこで騒いでると、また警官がくる」

親父は僕の手を無視して、よろよろと立ち上がった。

「うるせえよ」

親父が呟《つぶや》いた。その呟きに応《こた》えるように、また二匹の犬が鳴き始めた。

「うるせえ、うるせえ」

叫びながら近づいていって、親父はがんがんと鉄の門を蹴りつけた。

「うるせえんだよ。焼いて食うぞ」

「よせよ」

二階の明かりがともり、カーテンが動くのを見て、僕は親父の体を無理矢理塀の陰に引き寄せた。誰かが窓を開けたようだ。ヒュイッと口笛が聞こえた。浩一くんだろうか。二匹の犬が黙り、門の近くから離れていく気配がした。そっと塀の陰から頭だけを出して様子をうかがうと、窓もカーテンもすでに閉まっていた。やがてその部屋の明かりも消えた。

僕は塀を背にしてずるずると座り込んだ。

「まったく、何やってんだよ。今は茜にとっても、浩一くんにとっても、微妙な時期なんだよ。変なことして、話をややこしくするなよな」

うるせえよ、と親父がまた呟いた。高い建物がないせいだろう。夜空が広く感じられた。広がる雲の濃淡が、風に形を変えていた。

「病院に通ってたんだよ」

親父を見上げて、僕は言った。

「茜。二十一のとき。半年くらい」

「病院？」

「ちょっと気持ちが不安定になってね。しばらく薬も飲んでた」

「何で、そんな」

「もともと気持ちのブレは激しかったんだ。子供のときは違った？」

「ああ、いや」

親父も僕の隣に座り込んだ。

「カンの強い子ではあったな。夜中に突然、泣き出して起きたりしてな」

ハハ、と親父は笑った。

「結構、いいとこで泣き出されたこともあったな。あれがなけりゃ、もう一人弟か妹ができてたかもな」

「聞いてねえよ、そんな話」

もう一人弟か妹がいたら、と僕は考えた。僕らは今とは違う形になっていただろうか。意味のない想像に一人で苦笑した。僕は落ちていた小石を一つ拾い、指で弾いた。

「当時、付き合ってたのが、あんまりよくない男でね」

親父は庭先から落ちたらしき小枝をもてあそんでいた。

「そいつのせいか」

「いや、俺のせい」

「何？」

「俺が無理矢理、別れさせた。そのせいもあったと思う」

「恋愛なんて好きにやらせときゃいいだろが」

「そうは言っても、二十も年上の妻子持ちだぞ」

「はん」と親父は言った。「ぶん殴ってやりてえな」

「それなら、俺が試しておいた」

ハハ、と親父がまた笑って、小枝を放り投げた。

「やるじゃねえか」

「二十も年上の妻子持ちって話すなら、ついでに空手の黒帯持ちってことまで話しておいてくれりゃよかったんだ」

「何だよ。やったんじゃなくてやられたのかよ」

「素手でかなう相手じゃなかった」

「昔っから、お前は準備が悪い。忘れ物も多かったな」

「うん。せめて金属バットでも持って行くべきだった」

違《ちげ》えねえ、と親父は笑った。

「いい子だよ、茜は」と僕は言った。「でも、自分じゃどうしようもなく気持ちが乱れちゃうこともある」

「だからって、息子、蹴るか？　まだ四つだぞ。あり得ねえだろ」

「だって、拓真がそう言ったんだ」

「何かの間違いだ。まだ四つだ」

「もう四つだよ。自分の言ってることくらいはわかるさ」

「わかるでしょうね」

突然聞こえてきた声に、僕は顔を上げた。

「自分の言ってることが、自分の言いたいことと違って伝わったのがわかっても、それを正せない。そういう年頃よ」

「母さん？」

「真紀子《まきこ》」

「覚えてる？　幼稚園のとき。あなたが怪我をして帰ってきて、誰にやられたのって聞いたら、アキくんだって言うから」

　母さんは僕と親父の前にしゃがみ込んだ。

「そうだったな」と親父が笑った。「腕まくりしながら、その子の家に行ったら、その子、お前よりもっと怪我してて。聞いてみりゃ、先に手を出したのは、どうやらお前らしいって」

「あれだって、嘘ついたんじゃないでしょ？　誰にやられたって聞かれたから、アキくんだって答えて、でもそのあとのことは説明できなかったんでしょ？　しょうがないわよ。まだ四つだもの」

「どうして、ここに？」

「父さんと待ち合わせたって言ったのはあなたでしょ？」

「それしか言ってない」

「父さんの考えそうなことくらい、わかるわよ」

「この家、知ってたの？」

「私は茜の母親よ。旦那《だんな》さんのご両親に、年賀状くらい出すわよ」

昨日、親父を迎えに行った先を聞いて、母さんは何かが起こっていることに気づいたのか。だったら、昨日、僕が話した茜と浩一くんが別れて暮らしている「ちょっとした事情」が、ちょっとしたものではないことも察しているのだろう。

「ああ、年賀状か。そっか」と僕は頷《うなず》いた。

そこで初めて母さんは親父に目を向けた。二人の視線がぶつかった。二十四年ぶりに交わされた視線のはずだ。

へへへと親父が笑った。うふふと母さんも笑った。

「久しぶりだな」

「お元気そうで」

母さんはしゃがんだまま親父に深々と頭を下げた。

「うん。まあな」

「止めにきたの？　わざわざ？」と僕は聞いた。

「止めに？」と母さんは言った。「見届けにきたんだけど」

「は？」

へへへと笑った親父が腰を上げた。

「さすが俺の女房だ」

「もと、ですよ」と母さんが言った。

「さすが俺のもと女房だ」と親父が言い直して、立ち上がった。「ほら、餌。行くぞ。先に行って、食われてこい」

「本気かよ」と親父に言い、同じ質問を目線で母さんにもぶつけた。

「あら。食べられちゃうの？　誰に？」

「でっけえ犬が二匹いてよ」と親父が言った。

「ああ。ジョンとテディ」

「名前？　何で知ってるの？」と僕は聞いた。

「去年？　一昨年《おととし》だったかしら。茜がきたときに言ってたの。ああ、話してたのは浩一さんだったけど。だから、ほら」

母さんは持っていたバッグを探って、タッパーを取り出した。立ち上がって覗《のぞ》き込んでみると、中には肉団子がいくつか入っていた。

「食べてから三十分、待てる？」

「うん？」

「うちのバロンさんによれば、薬が効くの、それくらいかかるみたい」

「睡眠薬？」

「だって、殺しちゃ可哀想でしょう？」

母さんはそう言うと、門の前に立った。小さく口笛を吹くと、またのそりと影が近づいてきて、二匹が用心深く僕らを睨《にら》んだ。

「躾《しつけ》がよさそうだ。知らない人からの餌なんて食べそうにないぞ」と親父が言った。

「施設で訓練させたって言ってたわね」

「施設？」と僕は聞いた。

「本当によく喋《しゃべ》る男ねえって感心したわ。しかも自分の親の話ばっかり」

浩一くんに同情した。

交わす言葉もまばらになりがちな茜と母さんを前にして、浩一くんなりに一生懸命、話題を提供しようと試みたのだろう。自分の親が飼っている犬の話。あれだけ犬を飼っている母さんを前にすれば、悪くない話題に思える。

「施設って何？」

「そういうところがあるのよ。うまく躾《しつ》けられない飼い主から犬を預かって、代わって躾をしてくれるところ」

「へえ」

「住宅街で犬を飼うには、いいことなのかもしれないけどねえ。やたらと吠《ほ》えてご近所さんに迷惑をかけることもないし」と母さんは言った。「ただ、強いて言えば欠点も一つっ」

母さんはすっと手を挙げ、短く言った。

「お座り」

こちらを見ていた二匹が、戸惑ったように母さんを見返した。

「お座り」

母さんがもう一度、断固として命じると、その場でお座りをした。

母さんが挙げた手を下ろした。

「伏せ」

今度はあまりためらうことなく、二匹がその場で伏せをした。

「そうなのよね。誰の言うことでも聞くようになっちゃうのよね。それで」

母さんは言って、肉団子を鉄の柵《さく》越しに二匹に投げた。鼻先に落ちてきた肉団子に二匹の鼻がひくひくと動いた。

「待て」

母さんは手を掲げてたっぷりとじらしてから、「どうぞ」と声を和らげた。二匹ががつがつと肉団子を食べた。

「知らない人から差し出された餌は食べなくても、命令を聞いた報酬なら受け取る。そうなっちゃうのよねえ」

肉団子を食べ終えた二匹の犬は、ちょっと気まずそうな顔になって僕らを見た。

いや、食べたよ。食べたけどさ。中に入ってきたら、一応、吠えるよ。僕ら、番犬だし。それとこれとは話が別っつーかさ。わかるよね？

そんな顔をしていた。

「行きましょ」

母さんが言って、門の前を離れた。それから三十分、僕らは住宅街の中を歩き回った。

「そういや、親父はどうして時田さんの家、わかったんだ？」

「前にお前から聞いたぞ」

「そんなはずない」と僕は言った。

そんなはずがなかった。だいたい、僕は浩一くんの実家を今日初めて知ったのだ。僕がそう言うと、親父は不思議そうな顔をした。

「だって、名前と会社、言っただろ？　茜が今度結婚するって話をしたとき」

それは言った。僕は頷いた。

「だったら、会社に電話して聞けばいいだけじゃねえか。お宅の社員の時田浩一くんの実家の住所はどちらでしょうって」

教えるわけがない。個人情報云々《うんぬん》以前の問題だ。そんな不審な電話にまともな会社がまともに応じるわけがない。

僕がそう言うと、親父は笑った。

「聞き方の問題だろ？」

僕はため息をついた。そうだった。この人は口がうまいのだ。天才的に。

「それで昨日」と母さんが口を開いた。「何があったの？」

「え？」と僕は聞き返した。

「かなわねえなあ」と親父が笑った。

「巡回中のお巡りさんに交番に引っ張って行かれるほど間抜けじゃないはずよ。私のもと旦那様は。口八丁で相手を丸め込むのが何より得意なんだから」

「ホント、かなわねえや」

「何だよ」と僕は言った。「何の話だよ」

「昨日、あの家に行ったんだよ。茜の旦那ってやつに説教してやろうと思ってよ。何だかわかんねえけど、家に問題があるなら、それは男の責任だろうって、一発かましてやりたくてよ」

「どの口が言うんだよ」と僕は言った。

そりゃそうだけどよ、と親父は笑った。母さんは何も言わなかった。

「でも、まあ、いざ家の前まできてみりゃさ、やっぱ余計なことなのかなあとか思っちゃって。そもそも俺が出る幕でもねえかって」

「その通り」

「だよな。まごまごして、気づいてみたら、もう夜だ。帰るか、と思ったところに茜がきた」

「は？　茜？」

「あいつ、別嬪《べっぴん》になったたな。ありゃ、俺の血だ」

「色んな意味で親父の血だよ。それで、茜は？」

「インターフォン押して、それに向かって必死に何か言ってた。聞き耳立ててみりゃ、拓真を返してくれって、涙ながらに言ってるじゃねえか」

　そんなことがあったのか。考えてみれば、子供を取り上げられて、母親が黙っているわけがない。茜が黙っているわけがない。

「聞いてて切なくなっちまってな」

「そっか」と僕は頷《うなず》いた。

「でも、話を聞いてもらえなかったみたいでな。そのうち、あいつ、家に向かって叫び始めた。拓真を返してって。門のところで、犬が唸《うな》ってたからな。茜も入れなかった。叫び続けてると、家から若いのが出てきた。あれが旦那《だんな》なんだろ。門から出てきたそいつと茜がしばらく押し問答してた。最後に旦那が警察を呼ぶぞって怒鳴って家に戻っていった。それでも茜は叫んでた。気づかれないように角から見ててさ、俺、泣きそうになったよ」

「それで、本当に警官がきたのね？」と母さんが言った。

「ああ」と親父は頷いた。

　もし茜が不審者として警察に引っ張られていたら、この先、浩一くんと親権を争うことになった際、不利になる。親父は茜を逃がそうと、やってきた警官に自分から絡んだ。そういうことか。

　いや、違うか。

　脇を歩く親父の横顔を見ながら、僕は思った。

そこまで考える人じゃない。親父は、ただ許せなかったのだ。自分の娘が警察につかまることが、ただ嫌だったのだ。

くすっと僕は笑った。ハハと親父も笑った。ふふと母さんも笑った。

三十分経ってから門の前に戻った。母さんが小さく口笛を吹いたが、二匹の犬がやってくることはなかった。

「行くか」

親父が門を開けた。やはり犬はやってこなかった。

僕も門に手をかけた。

何をやってるんだろう。

もちろん、そんな疑問は頭をよぎった。

好恵の顔が浮かび、志穂の顔が浮かんだ。けれど僕の目の前では、父親がこいと言っていて、僕の背後では、母親が行けと言っていた。

何だかなあ。

一人胸の内で呟《つぶや》き、夜空を一度見上げてから、僕は門の中に滑り込んだ。親父と二人、身を低くして家に近づき、壁伝いに回り込んだ。リビングと思《おぼ》しき部屋の窓ガラスに親父が取りついた。ショルダーバッグからペンのようなものを取り出す。鍵《かぎ》の位置を確認して、ガラスに吸盤を取り付ける。吸盤から伸びた糸がペンのようなものにつながっている。吸盤を中心に親父が円を描いた。ペンはガラスカッターらしかった。キキーと音を立てながら一周させたあと、親父は吸盤を引っ張った。

「あっれえ」

親父が小さく呟いて、首をひねった。

「ガラスごと、こう、かぱっと取れるはずなんだけどな」

「取れるはずって、何だよ？」と僕は囁《ささや》き返した。

「昔見たドラマで、そういうことになってたんだよ」

「はあ？　そんなもん、当てにしてたの？」

「当てにはしてねえよ。ちょっと期待しただけだ」

親父はむっとしたように言うと、吸盤を引っぺがし、今度はガムテープを取り出した。

「ほれ」

描いた円を覆うようにちぎったガムテープを三枚貼り付けて、親父は僕に金槌《かなづち》を渡した。

「こっちな」

釘抜《くぎぬ》きになっているほうを指して言う。

「俺がやるの？」

「どっちがやったって同じだろ？　ここまできたら、もう共犯者だ」

雲の切れ間から漏れた月明かりの中、親父が悪戯《いたずら》っ子のようににやっと笑った。

共犯者、か。

その響きが、何だか心地よかった。思わず僕もにやっと笑い返してしまった。

窓ガラスを金槌で引っぱたいた。ぐしゃっという音よりも、家に伝わる振動に息を殺した。遠くで犬の吠《ほ》える声がした。しばらく息を殺してからガムテープを取ると、さっきの円に沿うように窓ガラスが割れていた。親父が手を入れて鍵を外し、サッシを開けた。僕らはカーテンをくぐって、暗いリビングルームに忍び込んだ。

「靴、脱いだほうがいいかな？」

囁いた僕に親父が振り返った。闇の中、僕の顔を透かし見て、やおら頭を撫《な》でた。

「たいしたもんだ。こんなときに、お前、よく冗談言えるな」

冗談のつもりではなかったのだが、そういうことにしておいた。

「二階かな？」と僕は言った。

「誰かと一緒だと面倒だな」

まだ四歳だ。一人で寝ている可能性のほうが低い。浩一くんと一緒か。あるいは時田さん夫妻と一緒か。

考えていても仕方ない。僕らが動き出したときだ。

ぱっと明かりがついた。

いきなり訪れた光に、僕は目をしばたたいた。

リビングの入り口に浩一くんが立っていた。

「やべ」と親父が言った。

「は？」

僕を見て、浩一くんが言った。

「あ、やあ」

上げた手に金槌があった。僕は慌てて手を背中に隠した。

その後ろから浩一くんのお父さんがやってきた。ゴルフクラブを両手でしっかりと握っていた。そのさらに後ろにいるお母さんは、怯《おび》えたように僕らを見ていた。

「な、何だね、君たちは」

時田さんがゴルフクラブを構えながら、僕らに言った。

「あ、あの、結婚式でお会いしたんですけど」

金槌を親父のショルダーバッグにしまって僕は両手を上げた。

「茜のお兄さんだよ」と浩一くんが言った。

「あ、これ、うちの親父です」と僕は言った。

時田さん夫妻が絶句した。

「あの、何です？」と浩一くんが言った。

「決まってんだろ。拓真を迎えにきたんだ」

ずいと一歩前に出た親父が言った。

「拓真って、お義兄《にい》さん、だって、そのことは……」

「ああ、うん。そうだよね」と僕は頷いた。

僕を咎《とが》めるように振り返った親父は、すぐに視線を戻した。

「どうあっても連れて帰るぞ」

親父が一歩動いた途端、浩一くんが声を上げた。

「父さん、電話」

時田さんが浩一くんを見返した。

「電話です。警察」

「あ、ああ」

時田さんが慌ててリビングの隅にある電話のほうへ動いた。

「ごめんなさい。こんなことしたくないんですけど、でも、拓真を渡すわけにはいきません」

時田さんが受話器を取った。

「いいのかよ」

親父がすごむように言った。

「電話して、本当にいいのか？　拓真を虐待してたことがばれるぞ」

「え？」と僕は言った。

「茜のはずがねえ」と親父が僕を振り返った。「茜じゃねえなら、こいつに決まってるじゃねえか」

茜じゃないなら、浩一くんに決まってる。けれど、その前提に無理がある。

「親父」

ため息とともに言いかけた僕は、ふと口をつぐんだ。時田さんが動きを止めていたからだ。受話器を握ったまま、時田さんは伺いを立てるように浩一くんを見ていた。

え？

僕と浩一くんの視線が合った。

「浩一くん、まさか……」

浩一くんは首を横に振った。

だよな。

「躾《しつけ》ですよ」

首を振り続けながら、浩一くんは言った。耳を疑った。

「は？　躾って、じゃ、あの痣《あざ》」

「ええ。あれはやり過ぎですよね。茜もひどいことをします」

混乱した。浩一くんが何を言っているのか、わからなかった。

「茜が？」

「茜でしょう？　茜がやったんですよね？　拓真はそう言ったんでしょ？　お義兄さんが言ったんじゃないですか」

僕は思い出した。

誰が言ったの？

僕はそう聞いた。

蹴《け》るのが遊びだって、誰が言ったの？

僕はそう聞いたのだ。

誰が蹴ったの？

もしそう聞いていたら、拓真は誰と答えただろう。

「拓真にちゃんと聞いてみりゃわかることだ」

親父が浩一くんを睨《にら》みつけた。

「四歳の子供ですよ」

話にならないというように浩一くんが笑った。

「警察、呼びましょうよ」と浩一くんが時田さんに言い、親父に向き直った。「ねえ、世間はどっちを信用しますかね？　もう二十年以上も前に家族を置き去りにして家を出た住所不定無職の父親。ご近所中からひんしゅくを買っている犬屋敷の母親。おまけに本人には通院歴がある。唯一、まともに思えたお兄さんだって、夜中に強盗まがいの不法侵入です。片や、まっとうな職に就いているまっとうな家族。拓真が何を言おうと、母親が子供に嘘をつかせている。誰だってそう思うんじゃないですか？」

僕ならそう思いますけどねえ、と浩一くんは言った。

母さんのことはともかく、親父のことを茜が話すはずもない。通院歴だって、本人の口から聞いたのではないだろう。調べたのだ。浩一くんは、陰で妻と妻の家族のことを。

僕は呆然《ぼうぜん》として浩一くんを眺めた。

「もうやめなさい」

手にしていた受話器を置いて、時田さんが言った。

「うん。諦《あきら》めて帰ってください。警察には、いいですよ。届けないでおいてあげますから」

「もうやめるんだ」

時田さんが言った。ゴルフクラブを手にしたまま、時田さんが語りかけている相手は浩一くんだった。

「行かせてあげなさい」

震える声で時田さんが言っていた。

あなた……。

呟《つぶや》いた奥さんが、時田さんに手を伸ばした。左手でその手を握りしめ、右手でクラブを握ったまま、時田さんは息子と対峙《たいじ》していた。

「はあ？」

浩一くんが眉《まゆ》を上げた。

「何です？　僕？　僕に、何ですって？　父さん、今、何つった？」

「行かせてあげるんだ。あの子には、母親が必要だ」

「父親だって必要でしょうよ」

浩一くんが一歩前へ出た。

奥さんの手を放し、時田さんが両手でクラブを構えた。

「必要なんですよ。子供には、父親も母親も必要なんですよ。ねえ、父さん。仕事ばっかりで、僕のことなんて気にもかけなかったくせに」

だいたい、と浩一くんは笑った。

「子供の躾《しつ》け方を教えてくれたのはあなたでしょう？　気に入らなかったら、殴ればいいんでしょう？　蹴ればいいんでしょう？　あなたがしてきたことじゃないですか」

時田さんが気圧《けお》されて、一歩後ろに引いた。その横で奥さんが震えていた。尋常な怯え方ではなかった。この家族は、いつからこんな関係性の中で生きてきたのだろう。

「浩一……」

「あなただって、ねえ、お母さん。まともに食事を作ってくれたことが何度ありましたっけ？　ああ、それはしょうがないですよね。毎日毎日、夜遅くまで塾でしたからね。でもね、お母さん、塾に通ってくる友達はみんなお母さんが作ったお弁当を持ってきてましたよ。いつもいつもコンビニ弁当だったのは、僕だけですよ」

「だって、お前がそのほうがいいって……」

「遠慮したんでしょ？　気を遣ったんでしょ？　それくらいわかるでしょ？　あなた、本気で馬鹿ですか？」

「お前は」

詰め寄る浩一くんに、もう一歩だけ下がった時田さんは、ごくりと唾《つば》を飲み込み、そこで踏み止まった。

「まだ未熟だ。父親にはなれない」

浩一くんの顔が歪《ゆが》んだ。

「未熟だ？　はあ。未熟ですか。それじゃ、あなたは？　立派な父親でしたか？」

「私も、未熟だった」

時田さんは絞り出すように言った。

「やり直そう。な、浩一。もう一度、きちんと」

「ええ。やり直しましょう」

浩一くんはにっこりとした。

「だから、ほら、子供です。あなたはもう一度父親をやり直すんです。あなたは母親をもう一度やり直すんです。僕にできなかった父親と母親を、拓真を相手にやり直すんです」

わかるでしょう？

そう言うように、浩一くんは両親に微笑んだ。クラブを握っていた時田さんの手が、落ちた。時田さんはがっくりとうなだれた。

「ざけんなよ」

僕の隣で親父が体を震わせていた。

「お前らのママゴトに拓真を付き合わせる気か？」

浩一くんが冷ややかに親父を見た。

「そのママゴトすらできなかった親が、え？　何ですって？　聞いてますよ。好き勝手やってたんでしょ？　あげくに淫売《いんばい》みたいな娘とぼけーっとした息子を世間に放り出して、ねえ、ちょっとは世の中の迷惑とか、考えたらどうです？」

親父が無言で動いた。浩一くんに向かって突っ込んだ親父は、その腹に頭突きを食らわせた。ぐっとうめいてかがんだ浩一くんの髪を左手でつかむと、右の拳《こぶし》を振りかぶった。

途端、親父がひっくり返った。髪をむしられるのも構わず、浩一くんが親父の足を払っていた。倒れ込んだ親父の顔面を浩一くんの足が襲った。踏みつけられるように顔の真ん中に蹴りを入れられ、親父がうめいた。鼻血を出した親父の顔面に、もう一度浩一くんが足を飛ばした。

「親でもないくせに、親の顔しないでくださいよ」

親でもないくせに。親でもないくせに。

浩一くんはそう繰り返しながら、親父の顔を何度も蹴飛ばした。

僕はそのとき、何を考えていたのだろう？

浩一くんに腹を立てていたのか。親父を助けたかったのか。

どちらも違う気がする。

ただ体だけが自然に動いた。

歩み寄ってゴルフクラブをつかんだ。奪い合うより前に、時田さんの腰を蹴飛ばした。倒れた時田さんに構わず、僕はクラブを振りかぶった。悠然と親父を見下ろしていた浩一くんが、気配に振り返った。その表情が崩れた。

「やめ……」

あがった腕に構わず、僕は浩一くんの頭目がけて思い切りクラブを振り下ろした。

ぐわっという悲鳴と、確かな手応《てごた》えを感じた。頭を抱えて、浩一くんがその場に崩れた。もう一度クラブを振りかぶった。頭から血を流した浩一くんが恐怖に引きつった顔で僕を見上げた。僕はクラブを振り下ろした。浩一くんの顔から表情が消えた。ふっと穏やかな目をしたように見えたのは、気のせいだろうか。

次の瞬間、クラブをかいくぐるように飛び込んできた親父に、僕は突き飛ばされていた。僕の手を離れたクラブは、咄嗟《とっさ》に息子に覆い被《かぶ》さっていた時田さんの背中と奥さんの肩に当たった。

しばらく誰も動かなかった。

僕と親父は荒い呼吸を繰り返し、時田さんと奥さんは息子に覆い被さったまますすり泣いていた。やがて胸を押すようにして僕の体を放すと、親父が三人を振り返った。

「拓真は連れて帰ります。娘に命がけで育てさせます」

ぐいと鼻血を拭《ぬぐ》って、親父が言った。時田さんと奥さんがよろよろと顔を上げた。

「夫婦二人がどうするかは、夫婦の問題。立ち入る気はありません。ただし、息子さんは死ぬまで拓真の父親です。お忘れなきよう」

親父が三人に背中を向けて歩き出した。浩一くんがようやく体を起こした。自分の親を見比べてから僕に視線を移し、やがて誰からも目を逸《そ》らしてくすくすと笑い始めた。

「行くぞ」

親父に促され、僕は親父とともに二階へ向かった。三つ目に開けた部屋に拓真はいた。ベッドの上で足を抱え、入ってきた僕らを見つめた。あれだけの騒ぎだ。それは目を覚ますだろう。それでも僕らは拓真にかける言葉を用意していなかった。

拓真がにへらーと笑った。

「終わったの？」

「あ、ああ」と僕は頷《うなず》いた。「うん。帰ろう。ママが待ってる」

拓真がベッドから降りてこちらにやってきた。

「終わっちゃいないよ」

親父が言った。

「何にも終わっちゃいない。今から始まりだ。ちょっと遅かったけどな。今から始めるんだ」

誰？

そう聞くように拓真が僕を見た。

「たくちゃんのじいじ。ママのお父さん」

ふうん、というように拓真が親父を見上げ、またにへらーと笑った。その笑顔に痛ましそうな顔をした親父が、拓真の頭をぽんぽんと撫《な》でた。

「行こう」

僕が拓真を抱き上げて、下へ戻った。三人はさっきと変わらない姿勢でそこにいた。

「拓真」

時田さんが言った。

「ごめんな」

拓真はきょとんと時田さんを見返し、それから後ろ手に手をついて天井を見上げている浩一くんを見た。浩一くんはもう笑ってはいなかった。

「パパ」

浩一くんがゆっくりとこちらに視線を向けた。拓真の横顔がにへらーと笑った。僕の襟首をつかんだ小さな手にきゅっと力がこもった。

「またね」

拓真が言った。

浩一くんは俯《うつむ》いた。何も答えなかった。にへらーと笑う拓真の瞳《ひとみ》が、泣き出しそうに揺れていた。拓真の涙をこんな男に見せたくなかった。僕が動き出そうとしたときだ。

「ああ」

浩一くんの声が聞こえた。俯いたまま、浩一くんは何度も頷いた。

「またな」

その表情は見えなかった。

拓真はにへらーと笑ったまま、こくんと一つ頷いた。

僕らは玄関へ行き、拓真の靴を持って、家を出た。犬はまだ寝ているようだ。姿を見せなかった。門を出たところで母さんが待っていた。

「遅かったね」

拓真の頭を撫でて、母さんは言った。

「そう？」と僕は言った。

「帰りましょ」

腕の中の拓真を抱き直してから、僕は母さんと肩を並べて歩き出した。親父は動かなかった。

「そんじゃ、俺はここで」

「行くのか？」

「ああ」

親父は僕らに背を向けた。

「なあ、親父」

親父が僕を振り返った。次の言葉は素直に口をついた。

「またね」

親父がにかっと笑った。

「ああ、またな」

僕らは駅まで戻って、タクシーを捕まえた。茜の携帯に電話して、今から拓真を届けるとだけ伝えて、電話を切った。

「ああ、私は途中で降ろして」

「会わないの？」

「あなた一人でいいわよ。私はもう眠い」

母さんを家の前で降ろし、茜のマンションに向かった。着いたときには、もう三時を回っていた。茜はマンションの前で僕らを待っていた。タクシーから飛び出した拓真を茜はぎゅっと抱き締めた。そのまま拓真を抱き上げた茜が僕を見た。

「何があったの？」

しばらく考え、僕は首を振った。

「また今度話すよ。今日はもう遅い」

「あいつは？」

「話はついてる。浩一くんが拓真を取り返しにくることはないから。あとは夫婦の問題だ。二人で考えな」

しっかりと拓真を胸に抱いて、茜はマンションのエントランスにある花壇に腰を下ろした。僕もその隣に座った。茜にしっかりと抱きついたまま、拓真はとろんと眠たそうな顔をしていた。

「いつか立ち直ってくれると思ってたの。いいパパじゃなくてもいい。でも、あんなことしない普通のパパにはなってくれるんじゃないかと思ってた」

「うん」と僕は頷いた。

だから、拓真に言い聞かせた。蹴《け》るのは遊びなんだよ、と。パパはお前に暴力を振ってるんじゃないんだよ、と。いつか普通の家族になれたとき、拓真にわだかまりを残さないために。茜の思い描いた普通の家族とは、いったいどんなものだったろう？

「しばらく何もなかったから、油断した。私、拓真を守り切れなかった。痣《あざ》、見たんでしょ？」

僕は黙って頷いた。

「殺してやろうと思った。包丁持った私が本気だってわかったみたい。私たち、似てるから。そういうのはわかるのよ。あいつ、逃げ出した」

似てるから。

思い出した。

結婚相手として、なぜ浩一くんを選んだのか。

似てるからよ。

それが妹の答えだった。

何が？

重ねて聞いた僕に妹は答えた。

形が、と。

兄の目から見ても美人だと断言できる茜。贔屓目《ひいきめ》に見ても二枚目とは言い難い浩一くん。またいつものきつい冗談のつもりだろうかと、僕は聞き流した。

いびつさが、か。

いびつな形が似ているという意味だったのか。

実家に逃げ帰った浩一くんに、僕はわざわざ拓真を差し出してしまった。

「しばらく拓真と二人で暮らす。こんな高いとこ住めないから引っ越すけど」

「仕事は？　見つけられるか？」

「うん。面接も終わってる。一昨日《おととい》、拓真を預けたとき」

「夜の仕事？」

茜は首を振った。

「いつ潰《つぶ》れるかわからないようなちっちゃい会社だけど、社長がいい人っぽい。この前は、面接が終わった途端、就職祝いだって言われて、社員全員で飲みに行くぞって。社長入れても四人だけなんだけどね。うまく断れなくて」

「そっか」

「うん」

ずるっと手が落ちかけて、はっと目を覚ました拓真が、またしっかりと茜の肩にしがみついた。

「なあ、何で相談してくれなかった？」

「家族のことだから、家族で何とかしなきゃって」

「俺だってお前の家族だ」

「わかってる」

茜は言って、ちょっと笑った。

「兄貴が一番私を知ってるから。だからかな。話しづらかった。私にだって悪いところあるだろって言われそうで」

そんなこと言うはずないだろ。

言いかけて、言えなかった。

今ならそう思う。けれど今日より前に相談されていたら、僕は茜を責めていたかもしれない。

「ごめん」と僕は言った。

「よしてよ」と茜は笑った。「ありがとう」

「今度は相談してくれよ。頼りにならないかもしれないけど」

「なってるよ」

茜は言った。

「相談しなくたって、力を借りに行かなくたって、兄貴がいると思うと救われてる。最後にはこの人を頼ればいいんだって、そう思えるだけで全然違う。もしも何もできなくても、少なくとも私と一緒に悩んでくれる。悲しんでくれる。怒ってくれる」

「そっか」

「うん」

ふと親父の言葉を思い出して、僕は笑った。

「まだ終わってないんだな」

「うん？」

「何でもない。もう帰るよ」

僕は立ち上がった。無性に妻と娘の顔が見たかった。

「ああ、うん」

いつしか寝入ってしまった拓真を抱いてマンションへ戻る妹を見送ってから、僕は自分の家に帰った。


もうこないかもしれない。何となくそう思っていたけれど、翌年も親父はちゃんと河原を見下ろす土手で僕を待っていた。

やあ、と僕が言い、よお、と親父が応じた。

河原のサッカーグラウンドでは、今日は社会人のチームが試合をしていた。普段はろくに運動もしていないのだろう。どちらのチームの選手も、丸っこいお腹を揺らしながら息を切らしていた。家族なのだろう。僕らの前では、奥さんや子供たちが、お弁当を食べながらそのサッカーを観戦していた。応援はほとんどない。滑稽《こっけい》なプレイに野次と笑い声が上がっていた。

「茜は？」

親父が聞いた。

「元気だよ。ちゃんと働いている。結構、忙しくしてるみたい」と僕は言った。

あの当時の母さんのことが少しわかるようになったのかもしれない。最近では、拓真を連れて、ちょこちょこ母さんの家に顔を出しているらしい。

ベビーシッター代わりに便利に使われているだけよ。

そうぼやいていたが、母さんも満更ではなさそうだった。

「あの男はどうした？」

「月に一度だけ、拓真と一緒に会っているらしいよ。養育費を取るためだって笑ってたけど、どうかな。やり直すつもりかもしれない」

「そうか」

親父は頷《うなず》いた。

「お前んとこは？　大丈夫か？」

「大丈夫だよ。会社もまだ潰れてない。社長は今でも涙目だけどね」と僕は笑った。

「志穂がこの四月から小学生」

今日、志穂は朝から一人きりで同じクラスの友達の家に遊びに行っていた。パパと一緒に、じいじに会いに行こう。この先、そう誘ってても、毎度付き合ってはくれなくなるだろう。その成長が、誇らしくもあり、寂しくもあり、むずがゆく、くすぐったかった。

「もうランドセルかよ、早いな」

珍しくキレのあるシュートだと思ったら、オウンゴールだったらしい。ボールを蹴った男性ががっくりと膝《ひざ》をつき、他のメンバーたちはその場で大笑いしていた。家族からも一際大きな野次と笑い声が上がっていた。

「パパ、腕立て百回」

手の中のおにぎりを振り回しながら少年が土手から叫び、膝をついていた男性がその場で腕立て伏せを始めた。また大きな笑い声が起こった。腕立てを続ける男性をよそに、試合が再開された。

「おお、結構、やるなあ。お前、今、腕立て伏せ、何回できる？」

グラウンドを見ながら、親父が笑った。

聞くべきかどうか、少し迷った。聞いたところでもう意味のないことだった。けれど、聞けるとしたら、今しかないとも思った。

「親父」と僕は言った。「どうして家を出たんだ？」

親父は僕を見て、すぐに視線をグラウンドに戻した。答えないつもりかと思った。それならそれでもいいと思った。が、親父はぽつりと口を開いていた。

「好きな人ができたんだよ」

「そっか。うん」

親父は僕をちらりと見て、へへへと笑った。

「俺じゃねえ。真紀子だよ」

「母さん？」と僕は驚いて聞いた。「母さんがそう言ったの？」

「俺と違って、真紀子には免疫がねえからな。免疫がないから熱が出る。高熱でうなされてりゃ、言われなくたってわかるわな」

これでも夫婦だったんだぞ、と親父は言って、またへへへと笑った。

「相手は？」

「竹下《たけした》くんって覚えてるか？」

「あ」と僕は言った。「あの竹兄ちゃん？」

「古い男だったんだろうな。格言通りやりやがった。将を射んとせばってな」

夕暮れの校庭。ネットを揺らしたループシュート。

「俺は馬だった？」

「ただの馬じゃねえや。下に鹿がつく。竹兄、竹兄って、無邪気になつきやがってよ。絞め殺してやろうかと思ったよ」

「親父は、いつ気づいたんだ？」

「さあ、どうだったのかな。俺が気づいたときには、もう二人はすっかりできあがってた」

「だから、別れたのか？」と僕は言った。「自分は散々浮気してきたくせに、お袋の浮気は許せなかった？」

「馬鹿やろが」と親父は言った。「浮気なら許したさ。浮気じゃねえから別れたんだろが」

　ありゃ古い女だからよ、と親父は言った。

「離婚なんてできやしねえんだよ」

　親父が微妙に話をずらそうとしているのが僕にはわかった。

「俺たちがいたからか」と僕は言った。「子供がいたから、母さんは離婚できなかった。子供のために離婚しちゃいけないと思った。だから、出て行ったのか。親父が、自分から」

「両親が別れたら子供が可哀想だ。そういう発想する女なんだよ。まあ、母親ってのはそういうものかもしれねえけどよ。でも考えてみろ。母親が自分のために好きでもない男と暮らしてる。母親が自分のために人生を無駄にしている。そんなことになるほうが、子供にとっては不幸だろ。仮にだ、仮に両親が離婚したせいで子供の人生が歪《ゆが》んだってな、そんなもんは子供自身の責任なんだよ。そうだろが」

「でも」と僕は言った。「竹兄ちゃんとは、別にあれっきりだ。親父が出て行って、すぐに引っ越したんじゃなかったかな」

「そういう男だったんだろ」

火遊びの不倫ならばよかった。けれど、子持ちの女と一緒に人生を歩む覚悟なんてなかった。

「いや」と親父は言った。「そういう女だったのかな」

夫が出て行った。だからといってこれ幸いと、好きな男と添えるような人ではなかった。

「わかんね。興味があったら、直接聞いてみろ」

「聞けるかよ」と僕は笑った。「母さんだって、答えるわけない」

答えねえだろうな、と親父も笑った。

「忘れるんだよ。年を取るとよ、嘘じゃなくて、本当に忘れてくんだ。色んなことを。自分がそうしたことは覚えていても、何でそんなことをしたのか、さっぱり思い出せねえ。馬鹿だったんだな、間抜けだったんだな、って思うだけだ」

「親父は、それでよかった？」

「いい悪いじゃねえんだよ。それしかなかっただけだ」

「後悔はしてないんだね？」

「してねえよ。してねえ」と親父は言った。「それでもな、俺が自分の人生の中で、一番腹の立つ俺は、あの日、家を出て行ったときの俺だよ」

「そう」

「ああ」

グラウンドではまだ滑稽なサッカーが続いていた。ゴール前にころころと蹴《け》り出されたラストパスは、息を切らしながら飛び込んだフォワードの足にも、決死の形相でダイブしたキーパーの手にも、かすりもしないままラインの向こうへ転がっていった。

「見るほどでもねえか」

呟《つぶや》いた親父が腰を上げ、ぱんぱんとお尻《しり》を払った。

「行くわ」

「親父」

「うん？」

親父が僕を見下ろした。

「今度、うちにこないか？　飯でも食いに。うちの奥さん、料理は結構うまいんだ」

「そうか」と親父は笑った。

「気が向いたら、電話してくれ」

「わかった」

頷《うなず》いた親父が、ちょっとためらい、言った。

「じゃ、またな」

「ああ」と僕は頷いた。「またね」

去っていく親父の後ろ姿を見送った。

僕らは共犯者だ。

僕は親父が親父であることの共犯者。親父は僕が僕であることの共犯者。母さんも、茜も、結局のところ、僕らは死ぬまで共犯者だ。それぞれの罪を分け合いながら、ただしたたかに生きていけばいい。

志穂はもう帰ってるかな？

ふとそう思いついた。

家に電話をしてみよう。

僕は携帯を取り出し、笑い声の上がるグラウンドに背を向けて歩き出した。

本書は二〇一〇年一〇月に小社より単行本として刊行されました。

at《アツト》 Home《ホーム》

本多孝好《ほんだたかよし》

角川文庫 17957

平成二十五年六月二十日　初版発行

発行者―井上伸一郎
発行所―株式会社角川書店
東京都千代田区富士見二―十三―三
電話・編集（〇三）三二三八―八五五五
〒一〇二―八〇七八

発売元―株式会社角川グループホールディングス
東京都千代田区富士見二―十三―三
電話・営業（〇三）三二三八―八五二一
〒一〇二―八一七七
http://www.kadokawa.co.jp

印刷所―大日本印刷　製本所―大日本印刷
装幀者―杉浦康平

ほ 20-4　ISBN978-4-04-100852-2　C0193

角川文庫発刊に際して

角 川 源 義

第二次世界大戦の敗北は、軍事力の敗北であった以上に、私たちの若い文化力の敗退であった。私たちの文化が戦争に対して如何に無力であり、単なるあだ花に過ぎなかったかを、私たちは身を以て体験し痛感した。西洋近代文化の摂取にとって、明治以後八十年の歳月は決して短かすぎたとは言えない。にもかかわらず、近代文化の伝統を確立し、自由な批判と柔軟な良識に富む文化層として自らを形成することに私たちは失敗して来た。そしてこれは、各層への文化の普及滲透を任務とする出版人の責任でもあった。

一九四五年以来、私たちは再び振出しに戻り、第一歩から踏み出すことを余儀なくされた。これは大きな不幸ではあるが、反面、これまでの混沌・未熟・歪曲の中にあった我が国の文化に秩序と確たる基礎を齎らすためには絶好の機会でもある。角川書店は、このような祖国の文化的危機にあたり、微力をも顧みず再建の礎石たるべき抱負と決意とをもって出発したが、ここに創立以来の念願を果すべく角川文庫を発刊する。これまで刊行されたあらゆる全集叢書文庫類の長所と短所とを検討し、古今東西の不朽の典籍を、良心的編集のもとに、廉価に、そして書架にふさわしい美本として、多くのひとびとに提供しようとする。しかし私たちは徒らに百科全書的な知識のジレッタントを作ることを目的とせず、あくまで祖国の文化に秩序と再建への道を示し、この文庫を角川書店の栄ある事業として、今後永久に継続発展せしめ、学芸と教養との殿堂として大成せんことを期したい。多くの読書子の愛情ある忠言と支持とによって、この希望と抱負とを完遂せしめられんことを願う。

一九四九年五月三日

角川文庫ベストセラー

MISSING　本多孝好

彼女と会ったとき、誰かに似ていると思った。何のことはない。その顔は、幼い頃の私と同じ顔なのだ——。「このミステリーがすごい！２０００年版」第10位！第16回小説推理新人賞受賞作「眠りの海」を含む短編集。

ALONE TOGETHER　本多孝好

「私が殺した女性の、娘さんを守って欲しいのです」。三年前に医大を辞めた僕に、教授が切り出した依頼。それが物語の始まりだった——。人と人はどこまで分かりあえるのか？　瑞々しさに満ちた長編小説。

FINE DAYS　本多孝好

余命いくばくもない父から、35年前に別れた元恋人を探すように頼まれた僕。彼女が住んでいたアパートで待っていたのは、若き日の父と恋人だった……。新世代の圧倒的共感を呼んだ、著者初の恋愛小説集。

グラスホッパー　伊坂幸太郎

妻の復讐を目論む元教師「鈴木」。自殺専門の殺し屋「鯨」。ナイフ使いの天才「蟬」。３人の思いが交錯するとき、物語は唸りをあげて動き出す。疾走感溢れる筆致で綴られた、分類不能の「殺し屋」小説！

約束　石田衣良

池田小学校事件の衝撃から一気呵成に書き上げた表題作はじめ、ささやかで力強い回復・再生の物語を描いた必涙の短編集。人生の道程は時としてあまりにもハードだけど、もういちど歩きだす勇気を、この一冊で。

角川文庫ベストセラー

刺繡する少女　小川洋子

寄生虫図鑑を前に、捨てたドレスの中に、ホスピスの一室に、もう一人の私が立っている――。記憶の奥深くにささった小さな棘から始まる、震えるほどに美しい愛の物語。

偶然の祝福　小川洋子

見覚えのない弟にとりつかれてしまう女性作家、夫への不信がぬぐえない妻と幼子、失踪者についつい引き込まれていく私……心に小さな空洞を抱える私たちの、愛と再生の物語。

夜明けの縁をさ迷う人々　小川洋子

静かで硬質な筆致のなかに、冴え冴えとした官能性やフェティシズム、そして深い喪失感がただよう――。小川洋子の粋がつまった粒ぞろいの佳品を収録する極上のナイン・ストーリーズ！

パイロットフィッシュ　大崎善生

かつての恋人から19年ぶりにかかってきた一本の電話。アダルト雑誌の編集長を務める山崎がこれまでに出会い、印象的な言葉を残して去っていった人々を追想しながら、優しさの限りない力を描いた青春小説。

アジアンタムブルー　大崎善生

愛する人が死を前にした時、いったい何ができるのだろう。余命幾ばくもない恋人、葉子と向かったニースでの日々。喪失の悲しさと優しさを描き出す、『パイロットフィッシュ』につづく慟哭の恋愛小説。

角川文庫ベストセラー

孤独か、それに等しいもの　大崎善生

今日一日をかけて、私は何を失っていくのだろう――。憂鬱にとらえられてしまった女性の心を繊細に描き出し、灰色の日常に柔らかな光をそそぎこむ奇跡の小説、全五篇。明日への一歩を後押しする作品集。

ロックンロール　大崎善生

小説執筆のためパリに滞在していた作家・植村は、筆の進まない作品を前にはがゆい日々を過ごしていた。しかし、そこに突然訪れた奇跡が彼を昂らせる。欧州の地で展開される、切なくも清々しい恋物語。

スワンソング　大崎善生

情報誌編集部で同僚だった由香を捨て、僕はアシスタントの由布子と付き合い出す。尽くせば尽くすほど、恋愛の局面はのっぴきならなくなっていき……恋人に寄せる献身と狂おしいまでの情熱を描いた恋愛小説。

GOTH　夜の章・僕の章　乙一

連続殺人犯の日記帳を拾った森野夜は、未発見の死体を見物に行こうと「僕」を誘う……人間の残酷な面を覗きたがる者〈GOTH〉を描き本格ミステリ大賞に輝いた乙一の出世作。「夜」を巡る短篇3作を収録。

失はれる物語　乙一

事故で全身不随となり、触覚以外の感覚を失った私。ピアニストである妻は私の腕を鍵盤代わりに「演奏」を続ける。絶望の果てに私が下した選択とは？　珠玉6作品に加え「ボクの賢いパンツくん」を初収録。

角川文庫ベストセラー

あしたはうんと遠くへいこう　角田光代

泉は、田舎の温泉町で生まれ育った女の子。東京の大学に出てきて、卒業して、働いて。今度こそ幸せになりたいと願い、さまざまな恋愛を繰り返しながら、少しずつ少しずつ明日を目指して歩いていく……。

愛がなんだ　角田光代

OLのテルコはマモちゃんにベタ惚れだ。彼から電話があれば仕事中に長電話、デートとなれば即退社。全てがマモちゃん最優先で会社もクビ寸前。濃密な筆致で綴られる、全力疾走片思い小説。

薄闇シルエット　角田光代

「結婚してやる」と恋人に得意げに言われ、ハナは反発する。結婚を「幸せ」と信じにくいが、自分なりの何かも見つからず、もう37歳。そんな自分に苛立ち、戸惑うが……ひたむきに生きる女性の心情を描く。

GO　金城一紀

僕は《在日韓国人》に国籍を変え、都内の男子高に入学した。広い世界へと飛び込む選択をしたのだが、それはなかなか厳しい選択でもあった。ある日僕は、友人の誕生パーティーで一人の女の子に出会って――。

レヴォリューションNo.3　金城一紀

オチコボレ高校に通う「僕たち」は、三年生を迎えた今年、とある作戦に頭を悩ませていた。厳重な監視のうえ、強面のヤツらまでもがガッチリガードする、お嬢様女子高の文化祭への突入が、その課題だ。

角川文庫ベストセラー

フライ，ダディ，フライ　金城一紀

おっさん、空を飛んでみたくはないか？　——鈴木一、47歳。平凡なサラリーマン。大切なものをとりもどす、最高の夏休み！　ザ・ゾンビーズ・シリーズ、第2弾！

SP　警視庁警備部警護課第四係　金城一紀

幼い頃、テロの巻き添えで両親を亡くした井上薫は、トラウマから得た特殊能力を使い、続発する要人テロと、その背後にある巨大な陰謀に敢然と立ち向かっていく——。

SPEED　金城一紀

頭で納得できても心が納得できなかったら、とりあえず闘ってみろよ——。風変わりなオチコボレ男子高校生たちに導かれ、佳奈子の平凡な日常は大きく転回を始める——ザ・ゾンビーズ・シリーズ第三弾！

青の炎　貴志祐介

秀一は湘南の高校に通う17歳。女手一つで家計を担う母と素直で明るい妹の三人暮らし。その平和な生活を乱す闖入者がいた。警察も法律も及ばず話し合いも成立しない相手を秀一は自ら殺害することを決意する。

硝子のハンマー　貴志祐介

日曜の昼下がり、株式上場を目前に、出社を余儀なくされた介護会社の役員たち。厳重なセキュリティ網を破り、自室で社長は撲殺された。凶器は？　殺害方法は？　推理作家協会賞に輝く本格ミステリ。

角川文庫ベストセラー

狐火の家　貴志祐介

築百年は経つ古い日本家屋で発生した殺人事件。現場は完全な密室状態。防犯コンサルタント・榎本と弁護士・純子のコンビは、この密室トリックを解くことができるか!?　計4編を収録した密室ミステリの傑作。

僕とおじいちゃんと魔法の塔　1〜4　香月日輪

お化け屋敷のような不思議な塔。幽霊のおじいちゃんと暮らし始めた僕だけど、その塔には、はた迷惑な住人がどんどんやってきて!?　僕とおじいちゃんのびっくりするような毎日を描いた大人気シリーズ!!

堕落論　坂口安吾

「堕ちること以外の中に、人間を救う便利な近道はない」。第二次大戦直後の混迷した社会に、かつての倫理を否定し、新たな考え方を示した『堕落論』。安吾を時代の寵児に押し上げ、時を超えて語り継がれる名作。

楽園のつくりかた　笹生陽子

エリート中学生の優は突如田舎の学校に転校することに。同級生は3人。バカ丸出しのサル男、いつもマスクの根暗女、アイドル顔負けの美女(?)。嗚呼、ここは地獄か、楽園か?　これぞ直球ど真ん中青春小説!

ぼくは悪党になりたい　笹生陽子

僕はエイジ、17歳。父親は不在、奔放な母と腕白な異父弟・ヒロトと3人で平凡な生活を送ってる。毎日家事全般をこなす高校生が平凡かは疑問だが。弟が病気で倒れたのを境に、僕の日常が少しずつ崩れて……。

角川文庫ベストセラー

疾走 (上)(下)

重松 清

孤独、祈り、暴力、セックス、殺人。誰か一緒に生きてください——。人とつながりたいと、ただそれだけを胸に煉獄の道のりを懸命に走りつづけた十五歳の少年のあまりにも苛烈な運命と軌跡。衝撃的な黙示録。

哀愁的東京

重松 清

破滅を目前にした起業家、人気のピークを過ぎたアイドル歌手、生の実感をなくしたエリート社員……東京を舞台に「今日」の哀しさから始まる「明日」の光を描く連作長編。

うちのパパが言うことには

重松 清

かつては1970年代型少年であり、40歳を迎えて2000年代型おじさんになった著者。鉄腕アトムや万博に心動かされた少年時代の思い出や、現代の問題を通して、家族や友、街、絆を綴ったエッセイ集。

みぞれ

重松 清

思春期の悩みを抱える十代。社会に出てはじめての挫折を味わう二十代。仕事や家族の悩みも複雑になってくる三十代。そして、生きる苦みを味わう四十代——。人生折々の機微を描いた短編小説集。

とんび

重松 清

昭和37年夏、瀬戸内海の小さな町の運送会社に勤めるヤスに息子アキラ誕生。家族に恵まれ幸せの絶頂にいたが、それも長くは続かず……高度経済成長に活気づく時代と町を舞台に描く、父と子の感涙の物語。

角川文庫ベストセラー

純愛小説　篠田節子

純愛小説で出世した女性編集者を待ち受ける罠と驚愕の結末。慎ましく生きてきた女性が、人生の終わりに出会った唯ひとつの恋など、大人にしかわからない恋の輝きを、ビタースイートに描く。

一瞬の光　白石一文

38歳の若さで日本を代表する企業の人事課長に抜擢されたエリートサラリーマンと、暗い過去を背負う短大生。二人が出会って生まれた刹那的な非日常世界を描いた感動の物語。直木賞作家、鮮烈のデビュー作。

不自由な心　白石一文

大手部品メーカーに勤務する野島は、パーティで同僚の若い女性の結婚話を耳にし、動揺を隠せなかった。なぜなら当の女性とは、野島が不倫を続けている恵理だったからだ……心のもどかしさを描く会心の作品集。

すぐそばの彼方　白石一文

4年前の不始末から精神的に不安定な状況に陥っていた龍彦の父は、次期総裁レースの本命と目されていた。その総裁レースを契機に政界の深部にのまれていく龍彦。愛と人間存在の意義を問う力作長編！

私という運命について　白石一文

大手メーカーに勤務する亜紀が、かつて恋人からのプロポーズを断った際、相手の母親から貰った一通の手紙。女性にとって、恋愛、結婚、出産、そして死とは……運命の不可思議を鮮やかに映し出す感動長篇。

角川文庫ベストセラー

探偵倶楽部　東野圭吾

「我々は無駄なことはしない主義なのです」――冷静かつ迅速。そして捜査は完璧。セレブ御用達の調査機関〈探偵倶楽部〉が、不可解な難事件を鮮やかに解き明かす！　東野ミステリの隠れた傑作登場!!

殺人の門　東野圭吾

あいつを殺したい。奴のせいで、私の人生はいつも狂わされてきた。でも、私には殺すことができない。殺人者になるために、私には一体何が欠けているのだろうか。心の闇に潜む殺人願望を描く、衝撃の問題作！

さまよう刃　東野圭吾

長峰重樹の娘、絵摩の死体が荒川の下流で発見される。犯人を告げる一本の密告電話が長峰の元に入った。それを聞いた長峰は半信半疑のまま、娘の復讐に動き出す――。遺族の復讐と少年犯罪をテーマにした問題作。

使命と魂のリミット　東野圭吾

あの日なくしたものを取り戻すため、私は命を賭ける――。心臓外科医を目指す夕紀は、誰にも言えないある目的を胸に秘めていた。それを果たすべき日に、手術室を前代未聞の危機が襲う。大傑作長編サスペンス。

夜明けの街で　東野圭吾

不倫する奴なんてバカだと思っていた。でもどうしようもない時もある――。建設会社に勤める渡部は、派遣社員の秋葉と不倫の恋に墜ちる。しかし、秋葉は誰にも明かせない事情を抱えていた……。